Peter Middendorp

DU GEHÖRST MIR

Peter Middendorp

DU GEHÖRST MIR

Aus dem Niederländischen von Rolf Erdorf

OKTAVEN

Die Übersetzung dieses Buches wurde freundlicherweise von der Niederländischen Stiftung für Literatur gefördert.

N ederlands
letterenfonds
dutch foundation
for literature

Die Originalausgabe mit dem Titel *Jij bent van mij* erschien 2018 bei Uitgeverij Prometheus, Amsterdam.

Du gehörst mir ist Fiktion.

1. Auflage 2019

Oktaven

ein Imprint des Verlags Freies Geistesleben
Landhausstraße 82, 70190 Stuttgart
www.geistesleben.com

ISBN 978-3-7725-3013-5

⊜ auch als eBook erhältlich

Copyright © 2018 Peter Middendorp
Für die deutschsprachige Ausgabe:
Copyright © 2019 Verlag Freies Geistesleben
& Urachhaus GmbH, Stuttgart
Gestaltungskonzept: Maria A. Kafitz
Umschlagentwurf: Bart van den Tooren
Satz: Bianca Bonfert
Lektorat: Susanne Heeber
Druck: GGP Media GmbH, Pößneck
Printed in Germany

«AUCH UNTEN EMPFINDET MAN LUST UND LEID, MAGDA, ES IST GENAU WIE OBEN, ES IST GLEICH, OB MAN OBEN ODER UNTEN LEBT.»

HANS FALLADA, DER TRINKER

ICH STAND HINTEN AUF DEM FELD UND SAH ZU, WIE DAS LINKE BEIN MEINES VATERS VON EINEM MÄHDRESCHER AUFGEFRESSEN WURDE. Es war sein erster eigener Mähdrescher. Lange hatte er sich keinen zulegen wollen. Aber von der Mentalität von früher war ja kaum etwas geblieben. Fast nichts wurde mehr gemeinschaftlich angeschafft, immer weniger miteinander geteilt. Vater hatte sich für einen großen, modernen, flammend Roten entschieden. Auch, wie er sagte, mit Blick auf die Zukunft des Hofs.

Jetzt lag er da.

Und ich stand dabei und betrachtete ihn, ein Junge noch, zwölf, fast dreizehn.

Ein Bein lag frei, das andere hatte sich in der Maschine verfangen.

Es war, als ob die Messer im Inneren bei jeder Umdrehung eine neue Scheibe von seinem Bein abtrennten.

Er schrie, gellte langgezogen, irreal, schrill.

In dem Schreien lag Abscheu; anfänglich, so schien es, mehr des Schicksals als der Schmerzen wegen.

Er stieß sich ab mit dem Absatz, mähte mit den Armen und grub mit seinen starken Händen und Fingern im Sand – zurück wollte er, zurück mit aller Kraft, die in ihm steckte, aber es ging nicht, es gelang ihm nicht.

Er blutete wie ein Schwein – das Leben ergoss sich über das warme Stoppelfeld. Ich wusste, ich war zu jung für dieses Schauspiel, viel zu jung, ich hatte noch keine Verteidigung. Trotzdem konnte ich nichts als hinschauen. Hinschauen und weiter hinschauen, während ich meinen Vater hasste, weil er aus mir einen Zuschauer gemacht hatte.

Als Derksen auf den Mähdrescher stieg, schrie Vater nicht länger. Seine Kräfte waren dahin. Sein Kopf war nach hinten weggeknickt, der Mund ein wenig offen.

Derksen drehte den Schlüssel um – die Stille kam wie eine Detonation, sie donnerte auf einen herab, der Staub wirbelte, überall war Staub. Sofort danach sank er neben Vater auf die Knie. «Jan!», rief er. «Jan!» Mit der flachen Hand schlug er ihm einige Male ins Gesicht. «Jan! Jan!»

Einen Moment öffneten sich die Augen, schienen einen Moment nach einer Öffnung in der Wirklichkeit zu suchen, dann schlossen sie sich wieder.

«Keine Sorge, Jan», sagte Derksen. «Wir sind noch nicht zu spät.» Er nahm eine Hand meines Vaters und presste sie sich gegen die Brust. «Wir sind noch nicht zu spät.»

Sie sagen, meine Mutter hätte an diesem Tag ihre Schönheit eingebüßt. Das kann nur dann stimmen, wenn sie davor eine schöne Frau gewesen ist. Ich weiß es nicht, ich kann es weder abstreiten noch bestätigen, obwohl ich viel Zeit mit ihr verbracht habe in den ersten Jahren, den Kinderjahren, in der Küche und dem Wohnzimmer, aber mitunter auch auf der Treppe ins Obergeschoss, wenn sie sich im Badezimmer langsam in Ordnung brachte.

Als Kind sieht man so etwas nicht. Als ich unter ihren Röcken hervorkam und hochschaute, ist mir jedenfalls nichts Besonderes aufgefallen.

Mutter kam schreiend aufs Feld gerannt, die Arme in der Luft.

Alles war ein Ziel für ihre Panik.

Sie rannte zu Vater, stürzte sich in den Sand an seine Brust.

Sie rannte zu Derksen, zerrte ihn am Overall, als fordere sie von ihm, dass die Zeit zurückgedreht würde bis kurz vor dem kleinen, banalen Moment, als Vater nach einer ungeschickten Bewegung das Gleichgewicht verloren hatte.

Sie rannte zu der Maschine, rief, flehte, rannte wieder zu Derksen und zu Vater. So rannte sie weiter, eine ganze Zeit, überallhin, nur nicht zu mir.

Der Krankenwagen hielt auf der Straße, die Sanitäter kamen mit einer Tragbahre angerannt. Sie sahen alles. Alles nahmen sie wahr, darauf sind sie trainiert, nur mich sahen sie nicht.

Die Polizisten erbarmten sich meiner Mutter, nahmen sie mit in die Küche und versuchten sie zu beruhigen, während sie bereits einige erste Fragen stellten. Sie befragten Derksen bei sich zu Hause, zusammen mit seiner Frau, die selbst doch gar nichts gesehen hatte.

Mich fragten die Polizisten nichts.

Sie sahen mich nicht.

Von mir wollten sie nichts wissen.

Die Männer aus der Nachbarschaft, die seufzend auf der Auffahrt standen, besprachen miteinander, wer das Melken übernehmen sollte, wer wann was tun konnte. Zu mir sagten sie nichts, sie sahen mich nicht. Genau wie die Männer, die einige Tage später den Mähdrescher vom Acker schleppten, auf einen Tieflader packten und ihn vorsichtig davonfuhren.

Mit Vater und Mutter hatte der Krankenwagen auch den Tag mitgenommen. Das Licht verlor seine Farbe. Auf der Hauptstraße fuhr kein Verkehr mehr. Es war still, windstill, mäuschenstill. Ich konnte meinen Herzschlag hören, das Rauschen in meinen Ohren.

Die Dämmerung legte sich langsam über das Land. Das Haus war leer und dunkel. Alle waren im Krankenhaus, mein Vater und meine Mutter. Selbst die Nachbarn waren schon unterwegs dorthin. Ich stand noch auf dem Feld, die Zeit verging schnell.

Nachts lag der Mond hinter den Pappeln halb tot auf dem Rücken. Die Stare schliefen in den Bäumen, die älteren sicher, nah am Stamm, die Jungen und Kranken auf den äußeren Ästen und Zweigen – so legten die Starken einen tierischen Schild der Schwäche um sich, als erwürben Stare nur durch das Überleben des ersten Winters das Recht auf ein Weiterleben.

Der Morgen nahte mit Möwen, die sich still glänzend, das erste Licht unter den Bäuchen, geräuschlos über das Land führen ließen. Ich zog die Hände aus den Taschen und erschrak bei ihrem Anblick. Sie waren dick geworden, hart, Arbeitshände, Instrumente.

Ich sah die Schwalben tief über den Wassergraben streichen, der erste Kormoran des Tages hing seine Flügel zum Trocknen in die Bäume. Ich ging allein nach Hause zurück. Der Himmel zog sich zu.

Es dauerte Wochen, bis man mich wieder bemerkte. Bevor man manchmal, vereinzelt, ganz kurz zu mir hinschaute. Mutter, Nachbarn, Bauern. Lehrer, Ärzte, Krankenpflegerinnen. Tankwagenfahrer, Vertreter, der Importeur von Landmaschinen. Wenn sie schauten, dann nicht, um Informationen abzurufen. Sondern um welche zu senden, gerade lange genug, um mich wissen zu lassen, was ich eigentlich schon wusste.

Ich sah es an Passanten, Dorfbewohnern groß und klein. Ich sah es an meinem Vater, als der nach vielen, vielen Wochen endlich aus dem Krankenhaus entlassen worden war und mir im Vorbeifahren in seinem Rollstuhl kurz in die Augen schaute.

Ich habe es auch selbst im Spiegel gesehen.

Da sah ich, was ich schon verstanden hatte.

I
FRÜHJAHR

1

ICH BIN DER VERACHTETE, DER UNSYMPATHISCHE.
Die Geringachtung hat mich irgendwann heimgesucht, noch auf dem stoppeligen Feld, mittlerweile an die dreißig Jahre her. Danach ist sie immer bei mir geblieben, hat mich weniger verfolgt als vielmehr ins Schlepptau genommen, durch die Schulen und die Jahre, bei allem, was ich tat und unternahm, bis hierher in diese Zelle, ein paar Quadratmeter Ruhe.

Geringachtung nistet sich ein in der menschlichen Konstitution, auch wenn man noch klein ist, ein Kind faktisch noch. Die hängenden Schultern, die schmalen Hüften, die in hunderttausenden dünnen Pusteblumenhärchen über das Land verwehte Frisur – ich denke manchmal, ohne Geringachtung wäre ich größer geworden, breiter, hätte mehr Raum eingenommen.

Man sagt, die Hoffnung stirbt zuletzt, aber das ist ein Spruch für Leute, die nicht wissen, dass man die Hoffnung schon verlieren kann, kaum dass man richtig angefangen hat. Ein abgehobener Spruch, ohne Boden unter den Füßen. Tatsächlich stirbt die Hoffnung gerade bemerkenswert schnell. Ruck, zuck, länger braucht es nicht. Man merkt es erst, wenn es passiert ist. Nanu, denkt man, war das die Hoffnung, die mich soeben verlassen hat, der Geist der Hoffnung?

Man hofft ja nicht auf etwas, wovon man weiß, dass es ohnehin nicht geschieht. Man glaubt dem Direktor nicht, wenn er einen zu sich ruft und sagt: «Du fängst hier noch mal ganz neu an, ganz von vorn. Keiner kennt dich, keiner weiß, was an der vorigen Schule passiert ist. Hier bekommst du eine neue Chance. Greif zu, würde ich sagen. Ergreife sie mit beiden Händen!»

«Ja», sagst du. «Gut, in Ordnung, das werde ich.»

Aber du weißt längst, woran du bist. Du siehst es auch schon beim ersten Schritt in die neue Schule, dem ersten Schritt über die Schwelle der neuen Klasse. Du fühlst es. Eine bestimmte Dumpfheit. Im Kopf, in den Schultern. Als ob der Körper zu lange in eine unbequeme Haltung gezwungen gewesen wäre. Auch in den Armen und Beinen kannst du es spüren, den Knochen – Geringschätzung zieht und zwickt wie Wachstumsschmerzen.

Alle waren neu in der Klasse, aber in dem Moment, als ich hereinkam, schien es plötzlich, als ob sich alle schon seit Jahren kennen würden und ich der einzige Neuling war. Wie durch Zauberhand besaßen die anderen etwas Gemeinsames. Abneigung war ihre erste geteilte Erfahrung. So lernten sie sich untereinander kennen; ich war der Katalysator des Gruppenprozesses.

Das Gute an der neuen Schule war: Ich wurde nicht enttäuscht. Sie brachten mich nicht aus der Fassung, die Kinder, die Jugendlichen, sie brachten mich nicht mehr durcheinander.

Hinter dem Einkaufsplatz, wo die Gedenkumzüge und später auch die Demonstrationen gegen das Asylbewerberheim stattgefunden haben, führt eine schmale Gasse zu der Diskothek zwischen dem Supermarkt und dem Friseursalon, in dem Rosalinde einen Teilzeitjob hatte.

Ich denke, ich bin höchstens zehn Mal in De Tangelier gewesen. Ich kam dort nicht viel weiter, als dass ich ein oder zwei Stunden auf die Tanzfläche schaute, an einen Pfeiler gelehnt, die Hände in den Taschen. Manchmal rauchte ich etwas, manchmal trank ich zu viel Bier.

Die Jungs blieben am Tresen hängen, lautstark und halb betrunken. Die Mädchen tanzten paarweise auf der Tanzfläche, ihre Handtaschen zwischen sich auf den gelben Steinfliesen. Sie waren ausnahmslos blond und trugen enge Jeans sowie rosafarbene Frottee-T-Shirts mit rundem Ausschnitt.

Da steht er, sagten sie.

Ich konnte es durchaus hören – sie ereiferten sich am meisten über die Leute, mit denen sie am wenigsten zu tun haben wollten.

Da steht er. Und beobachtet uns.

Männer machen den Krieg, Frauen bestimmen

die Ziele. Nie machen sie sich selbst mal die Hände schmutzig. Alles geht implizit, über die Bindung. Eine kleine Geste. Ein Blick. Eine leicht gekräuselte Nase. Ein gestreckter Hals. Augen, für einen Moment leicht geweitet. Ein Lächeln oder ein kleiner Wink und sie brauchen den Jungs schon nichts mehr zu erzählen.

Um diese Jungs habe ich mich nie viel geschert. Ich habe nie etwas erwartet und nie etwas bekommen, und am Ende hatte ich doch eine Frau, zwei Kinder und einen Bauernhof.

So ist es passiert. Bei den Verhören haben sie mich manchmal gefragt, warum alles so gelaufen ist, wie es gelaufen ist. «Sie hätten mich mehr in Ruhe lassen sollen», sagte ich. «Ob das etwas geändert hätte, weiß ich nicht, aber jedenfalls hätte ich es zu schätzen gewusst.»

Eines Abends stand Ada plötzlich neben mir. Sie war etwas kleiner als ich, einen halben Kopf, weder schlank noch dick, weder rund noch flach, mit halblangem, fast weißem Haar. Ich kannte sie nicht, ich hatte sie vorher noch nie gesehen, sie käme aus einem Dorf gut zwanzig Kilometer weiter, sagte sie, aber da gäbe es keine Diskothek.

Eine Weile beobachtete sie zusammen mit mir die Tanzfläche. Sie folgte meinen Augen, als ob sie herausfinden wollte, wo mein Blick die Mädchen traf.

Dann sagte sie etwas.

Ich zuckte mit den Schultern, die Musik war zu laut.

Sie stellte sich auf Zehenspitzen – sie trug halbhohe Stiefeletten – und beugte sich zu meinem Ohr, bevor sie sich wieder auf ihre Absätze sinken ließ, als ob die Aktion sie ein wenig ermüdet hätte, enttäuscht vielleicht.

Ich betrachtete sie mit neuen Augen, aber ich sah nach wie vor dasselbe Mädchen, dieselbe junge Frau, nicht schön, aber auch keinesfalls hässlich.

Die ersten Minuten hinter der Sporthalle vergingen eher zäh; Kinder, die gegenseitig vom Eis des anderen kosten und gleichzeitig versuchen, mehr zu nehmen, als zu geben.

Unterwegs hatte sie nichts gesagt, jetzt sagte sie «warte», schob mich ein Stück von sich weg, zog sich die Hose runter, stieg aus einem Hosenbein und drehte sich zu mir um.

Hinter der Sporthalle gab es wenig Licht, nur ein bisschen von einer Laterne am Fahrradweg. Ich legte meine Hände auf ihre Hüften und begann vorsichtig suchend; es war meine erste Erfahrung. Dann machte ich weiter, fester, schneller. Vielleicht, dachte ich, konnte man die Hoffnung wieder etwas anfachen, Stoß für Stoß, Funken für Funken.

Ada stemmte die Hände gegen die Wand.

2

MEINE ELTERN HABEN ADA WIE EINE FREMDE EMPFANGEN.
Sie beobachteten sie wie seinerzeit auch die ersten Flüchtlinge, als diese, eine oder zwei Haltestellen zu früh aus dem Bus gesetzt, vor unserem Haus vorbei über die Straße zum Dorf zogen, ein bunter Tross farbiger Menschen mit Sack und Pack, der lange Reihen von Kindern hinter sich herzog, die großen Mädchen mit Kopftüchern.

Sie waren eigens dafür in den Vorgarten gelaufen, zwei von Korsett und künstlichem Bein zusammengehaltene Menschen, die Hände am Zaun und mit hängenden Schultern.

Meine Eltern konnten sich nicht erinnern, dass irgendwer in die Zeitung gesetzt hätte, wir hier wüssten nicht, wohin mit unserer Gastfreundschaft. Das irgendwer gesagt hätte: «Kommt und nehmt, soviel ihr wollt, sie verludert sonst ohnehin!»

Es dauerte lange, bis die Asylsuchenden wieder außer Sichtweite waren, meine Eltern seufzten, bevor sie langsam zurück ins Haus gingen.

Ein Mensch ohne Gastfreundschaft hat fast nichts

mehr zu geben. Eigentlich ist so jemand auch schon kein Gastgeber mehr.

Wir haben sie langsam daran gewöhnt. Am Anfang kam Ada nur samstags vorbei, nach dem Essen, zum Kaffee, und war vor dem Schnaps schon wieder fort. Veränderungen kommen immer ungelegen, sie bringen Unruhe mit sich. Als ob eine zusätzliche Person auf dem Sofa die Abende beleidigte, die wir zu dritt verbracht hatten.

Aber wir mochten immer noch ein drittes Tässchen, oder ein viertes. Ada backte Torten und Kuchen, die erst spät aus dem Ofen kamen. Wir dehnten die Kaffeezeit aus; langsam, allmählich, immer weiter, und zwar so lange, bis die Kaffeezeit die Schnapszeit allmählich überlappte und wir die Sehnsucht nach einem Schnaps die weitere Arbeit tun lassen konnten.

Meistens war es noch hell, wenn ich sie zur Tür brachte, und ich brauchte mich nicht zu fragen, ob sie auch sicher nach Hause fände. Aber ehrlich gesagt habe ich nie Angst gehabt, dass etwas passieren könnte. Auch später nicht, als Suze selbständiger wurde. Nie wirklich.

Manchmal blieb sie über Nacht, bei mir im Bett. Am nächsten Morgen stand sie mit mir auf und verließ lange vor dem Frühstück zusammen mit mir das Haus.

Manchmal auch schliefen wir erst gegen Morgen ein und schraken erst nach zehn aus dem Schlaf hoch. Dann gab ich dem Wetter die Schuld, während ich zusätzliches Brot zum Auftauen aus der Gefriertruhe holte. Oder ich redete etwas von der Dunkelheit, den langen, leeren Fahrradwegen zwischen den Dörfern. Es hätte gestürmt, gewittert, einfach wie aus Eimern gegossen – hatten sie das denn nicht mitbekommen?

Ich weiß nicht, wie lange es gedauert hat – Ada zufolge jedenfalls eine Ewigkeit –, aber eines Tages sagte Mutter: «Wenn du nächste Woche etwas früher kommst, dann darfst du auch mit uns mitessen.»

Die Wochenendbesuche wurden länger – der Freitag wurde drangehängt, der Sonntag, ein erster Montagmorgen. Ada kam immer früher und ging auch immer etwas später, so lange, bis sich die Wochenenden am Mittwoch berührten und sie immer bei uns war.

So begann mein Verhältnis mit Ada Hofstra, einem jungen Mädel damals noch, die offenbar wenig bis nichts an die Menschen band, die sie vor unserer Begegnung gekannt hatte. Sie sprach nie über Eltern, Freunde oder Bekannte. Soweit ich wusste, besaß sie keine Geschwister, Tanten, Onkel oder auch nur ein Haustier.

Sie sprach nicht viel.

Und wenn, musste man manchmal die Ohren in ihre Richtung spitzen. Was? Was hast du gesagt?

Nach draußen kam sie wenig, der Bauernhof war nichts für sie. Im Haus bewegte sie sich die ersten Jahre vorzugsweise an den Wänden entlang, so als könnte man andere am besten an sich gewöhnen, indem man quasi nicht da war.

Obwohl wir nicht groß wohnten.

Ein Wohnzimmer haben wir, eine Küche und eine Waschküche, eine Diele mit Flur und eine Treppe zu einem Stockwerk mit drei Zimmern und einem Bad, und darüber noch einem Spitzboden unter dem schrägen Dach, zu erreichen mit einer Ausziehtreppe. Ein Haus gebaut für Leute, die viel im Freien sind. Aufrecht in seinem roten Backstein, aber mager und schmal.

Bei uns fängt der Platz dahinter an. Bei der Scheune, dem Lager, dem Hof und den Ställen, dem Land dahinter, den endlosen, uferlosen Hektaren, einem Ozean aus Gras – der Domäne der Milchviehhaltung, unterteilt in geometrische Formen.

Unser Land sei grün, heißt es. Aus der Luft stimmt das auch. Oder aus einem Auto heraus von der Hauptstraße aus gesehen, das zwischen Dorf und Stadt pendelt. Aber wenn man in seinen Stiefeln dasteht, drängen sich einem vielmehr die mächtigen Wolkenhimmel auf, die groß und beweglich sind.

Aus der Luft würden wahrscheinlich auch die gewundenen Klinkerstraßen auffallen, die die Bauern kurvig mit den Bauern verbinden sowie die Bauern mit der Straße. Birken säumen sie, die Straßen ächzen unter der schweren Verkehrslast.

Ansonsten ist es eine männliche Landschaft, gerade

und klar, eine Landschaft, die ihrer Entwurfszeichnung auch künftig immer ähneln wird.

Die ersten Jahre fiel es nicht so auf, dass Ada wenig Vergangenheit besaß. Es machte nichts. Ich selbst verfügte auch nicht über übertrieben viel Vergangenheit. Eine Kindheit zu Hause, eine abgebrochene Ausbildung, ein Leben auf dem Hof. Mit Interesse für die Geschicke anderer musste man geboren sein; sich das später anzueignen war schwer.

«Das heißt, sie hatte nie Geburtstag?», fragten die Ermittler. «Wollten Sie das sagen? Es kam nie jemand vorbei? Keine Anrufe, nichts?»

Der Ältere lehnte sich zurück, die Hände im Nacken, die Augen gegen die Decke gerichtet, wie man es sie auch im Fernsehen tun sah. «Und ab wann dämmerte Ihnen denn so allmählich, dass Ihre Beziehung nie Geburtstag hatte?»

Zu Anfang des Verhörs hatten sie sich bemüht, neutral zu klingen, möglichst neutral und objektiv, konnte man sagen. Später gaben sie diesen Anspruch auf.

«Ich weiß nicht, warum Menschen keine Vergangenheit haben wollen», sagte ich – oder etwas Derartiges, in Worten gleichen Inhalts. «Ich weiß nicht, warum sie damit nichts zu tun haben wollen. Kann doch sein, das bestimme ich doch nicht? Hätte sie mir davon erzählen wollen, dann hätte sie das sicher getan.»

Ich schaute sie an, einen nach dem anderen. Männer

mit Arbeit, einem Beruf, einem Haus und Kindern. Männer, die ihre Attraktivität in den Arbeitsjahren zurücklassen mussten, die hinter ihnen lagen. «Man muss ...», sagte ich. «Das heißt, man muss natürlich nichts, so meine ich es nicht. Aber man muss Leuten ein bisschen Raum geben; Zeit, Ruhe und Raum.»

«Wieso sind Sie nicht umgezogen?» Der Jüngere begann durchs Zimmer zu gehen, einen kahlen Raum, einen, so schien es, eilends für ein Verhör umfunktionierten Büroraum. «Wieso sind Sie nicht abgehauen? Erklären Sie das mal, das verstehe ich nämlich noch nicht ganz. Warum haben Sie nicht irgendwo anders neu angefangen?»

Ich dachte an die Frage, die alle immer stellten: «Was wärst du geworden, wenn du kein Bauer gewesen wärst?»

Ich dachte daran, dass der Bauer und sein Vieh zueinander verurteilt sind. Zueinander verdammt, könnte man sagen, aber dann versteht man nicht, was Liebe ist.

Ich hatte darauf keine Antwort. Ich konnte darauf nichts erwidern. Meine beste Antwort wäre gewesen, dass es diese Frage in Wirklichkeit nicht gab. Einer Kuh brauchte man nicht beibringen, Milch zu geben, einem Bauern nicht, Bauer zu sein. Sie wussten es schon, sie waren es schon, schon immer gewesen.

«Warum sind Sie nicht ausgewandert?» Er hatte aufgehört, herumzulaufen. «Kanada, Amerika, Neuseeland? Sie hatten so viel Zeit. Sie hatten so viel Vorsprung.»

In seiner Stimme steckte Verärgerung. Auf einmal hörte ich es. Müdigkeit. Als ob ihm erst jetzt bewusst würde, wie viel Zeit und Mühe es gekostet hatte, alle im weiten Umkreis zu durchleuchten, die seit dem Unglück mit Rosa einen Sprachkurs angefangen hatten.

Wir saßen, wir schwiegen.

So wurde während der Verhöre viel Zeit vertan.

Die meisten Dinge lassen sich gut erklären, besonders im Nachhinein ist das einfach. Aber es gibt auch Sachen, die besonders im Nachhinein sehr schwierig oder fast gar nicht zu erklären sind, obwohl sie einem in dem Moment selbst natürlich vorkamen.

Vater nannte Ada «das Gespenst», Mutter übernahm es. Wo ist das Gespenst? Hat das Gespenst das gemacht? Wie spät kommt das Gespenst nach unten, muss das Gespenst noch lange ausschlafen? Wenn das mal nicht wieder das Gespenst ist. Wenn das Gespenst das nicht mehr mag, dann esse ich es.

Ich fand es nicht schlimm, ein Verhältnis mit einem Gespenst zu haben. Ich merkte es nicht so, ich war tagsüber nie drinnen; Arbeit ist die beste Methode, um sich mit dem Tag zu verbinden, vielleicht auch mit sich selbst, Arbeit ist die beste Methode, um bei sich selbst zu bleiben.

Nachts erwachte das Gespenst zum Leben, im Schlafzimmer vollzog sich eine Verwandlung. Alles, was ich in all den Jahren von meinen Eltern durch die dünne Wand zwischen den Schlafzimmern hatte ertragen müssen, bekamen sie jetzt mitsamt Zinsen zurück.

Die Kraft eines Bauern kann man nicht sehen. Man muss sie spüren, erfahren, sonst glaubt man es nicht. Ada rühmte meine Kraft und Ausdauer, sie bewunderte die Form meiner Unterarme, Hände und Finger. Sie wusste, wo sie hinschauen musste.

3

MITTLERWEILE SIND GUT DREIZEHN JAHRE VERGANGEN. Die Einschätzung kann währenddessen von der Zeit beeinträchtigt sein, aber wenn ich darauf zurückschaue, jetzt, gezwungen durch Verhöre oder einfach aus mir selbst heraus, denke ich, dass Ada ihre geistige Abwesenheit, um es so auszudrücken, in der Zeit abgelegt hat, als sie mit Suze schwanger war.

Damals hat sich eine gewisse Erkenntnis in ihr breit gemacht: eine Freundin ist eine Außenstehende, ein Eindringling, eine, deren Rechte an der Nutzung des Hauses man anfechten kann. Doch mit Suze im Bauch stand sie nicht länger als Ada unter der Dusche oder in der Küche, sondern auch als die Umhüllung meiner Frucht.

Eine Trägerin eines Storkema schickte man nicht weg, ohne nicht zugleich auch ein Familienmitglied vor die Tür zu setzen.

Schritt für Schritt begann die schwangere Ada, unser Haus etwas mehr zu nutzen. Vom Schlafzimmer aus nahm sie allmählich über das Badezimmer, das Treppenhaus, den Flur, die Küche und das Wohnzimmer ihren Teil des verfügbaren Raumes ein.

Eines Tages wollte sie unsere Bettwäsche selbst waschen. «Ja», sagte sie, «warum nicht, ich habe sie doch auch selbst benutzt!» Stundenlang hielt sie die Waschmaschine und den Trockner im Schuppen besetzt. Später erbat sie sich manchmal ein behutsames Mitspracherecht bei den Einkäufen, die wir machten. Dann wollte sie lieber ein Antischuppenshampoo oder ein etwas weniger starkes Mundwasser.

Manchmal staubsaugte sie die Treppe, wienerte die Fliesen im Flur, rückte den Spiegeltüren des hohen Wandschranks mit Glasreiniger zu Leibe. Meine Mutter sah es kopfschüttelnd mit an, die Hände in die Seiten gestemmt.

Jahre gingen vorbei, zogen sich langsam und träge dahin, wir heirateten, die Kinder wurden geboren, Ada trug fortan unseren Nachnamen.

Es ist nicht schwer, Erinnerungen an die Nacht wachzurufen, als Suze geboren wurde, die Nacht und die darauffolgenden Tage wieder vor meinen Augen abzuspulen, die Ereignisse bisweilen schweben, Walzer tanzen zu lassen wie Wein in einem Glas.

Es ist auch verführerisch – ich habe es oft genug getan, hundert Mal, öfter. Trotzdem haben sich die Erinnerungen nach all den Malen des Heraufbeschwörens und Zurücksinkenlassens kaum verändert. Und das sei bemerkenswert, haben die Ermittler gesagt, denn meistens ginge dabei Einiges verloren, wenn man sie oft an die Oberfläche holt. Mit meinem Gedächtnis ist ja auch alles in Ordnung. Ich verfüge über ein gutes Gedächtnis. Das haben sie früher in der Schule schon gesagt. Verfügen. Auf das Wort «Gedächtnis» folgt oft das Wort «verfügen». Alles, was du weißt, gehört dir, alles, woran du dich erinnern kannst.

Auch Friso kam zur Welt, er selbst ist der lebende Beweis dafür, aber von seiner Geburt, dem Blasensprung, den Wehen, der Autofahrt ins Krankenhaus, den Stunden, die wir auf seine Ankunft gewartet haben, seinem Erscheinen selbst, ist mir fast nichts in Erinnerung.

Wenn ich das Ada gegenüber ansprach, wenn ich fragte, an was genau von Frisos Geburt sie sich noch erinnerte, reagierte sie empört. Aber ein paar Stunden später konnte ich sie dann oft wieder mit einem Stapel Fotos am Küchentisch sitzen sehen.

Friso war nicht weniger willkommen als Suze. Daran lag es nicht, daran konnte es auch überhaupt nicht liegen. Er war genauso geplant wie Suze, er füllte genau wie sie ein eigens für ihn in unsere Herzen gegrabenes Loch. Er war ein Junge – und einen Jungen hatten wir noch nicht. Mit ihm fand unsere Familie ihre perfekte Zusammensetzung.

Es war auch nicht so, dass wir ihn weniger lieb gehabt hätten. Ich jedenfalls nicht, das weiß ich so gut wie sicher, und auch für Adas Mutterliebe lege ich meine Hand ins Feuer. An uns lag es nicht. Die Entbindung hat sich uns nicht ins Gedächtnis gegraben, weil wir sie nicht behalten konnten. Das erste Mal in die Schule, das erste Mal allein auf dem Traktor, das erste Mal, dass man von einem Mädchen in De Tangelier angesprochen wird – diese Male behält man gut und wahrscheinlich auch für immer, ohne dass man sich dafür anstrengen muss.

Die ersten Male können sich einen Platz aussuchen, für erste Male ist das ganze Gedächtnis noch frei, aber für zweite und dritte Male ist das Gedächtnis ein Stuhl, auf dem schon jemand sitzt. Der Platz ist vergeben, besetzt von einer früheren Erinnerung.

Ada wuchs und wuchs, sie wurde größer und größer, sie tappte durchs Haus wie ein Nebenprodukt ihrer Schwangerschaft. Ihre Scheide machte mir keine Sorgen, es waren die Knochen, die Hüften, es war ihre Konstitution, die sie angesichts der auf sie einwirkenden Gewalt irgendwie hatte zusammenhalten müssen. Sie hatte immer so zerbrechlich gewirkt, so klein. Aber das ist vermutlich mit jedem Menschen so, den man liebt. Sie schrumpfen vor deinen Augen in Verletzlichkeit – je mehr Liebe, desto verletzlicher.

Aber Ada hielt eine Niederkunft zu Hause für natürlicher als in einem Krankenhaus, wo die Dinge, wie sie es ausdrückte, oft unnötig medikalisiert würden und zu wenig Raum für das Mysterium bliebe, das eine Niederkunft in ihren Augen auch war.

Ich erinnere mich an den Schrei in der Nacht.
Wie sie auf einmal aufrecht im Bett saß, alles nass.
Die Orientierungslosigkeit. Als ob ihre Augen sich scharf stellen mussten.

Ich erinnere mich an die Hebamme, das rasche Telefonat mit dem Hausarzt, das Trara, Ada die Treppe runterzubekommen, und dann doch noch die verspätete Fahrt ins Krankenhaus.

Wären meine Eltern gleich beim ersten Lärm aufgestanden und nach unten gegangen, nach draußen bis zum Zaun, hätten sie uns bis hinter Derksens Haus und sogar noch etwas weiter, bis über den Kreisel links ab auf die Ausfallstraße zur Hauptstraße nachsehen können, die anschließend dreißig Kilometer kerzengerade südwärts zur Stadt führte.

Es wurde kälter, der Winter hatte eingesetzt. Auf den Feldern lag Schnee, eine dünne Schicht, die Welt war eine weiße, stille Fläche, aus der jedes Geräusch vorübergehend entfernt war, auch das von Ada und dem Auto produzierte.

Unten links lag das Brachfeld, wo Rosalinde gefunden werden würde, kaum erhellt von dem künstlichen Licht entlang der Straße. Die Ermittlungsbeamten dachten, ich hätte den Ort nach dem Unglück sicher gemieden. Mich möglichst von dort ferngehalten, weil ich nicht mehr damit konfrontiert werden wollte. Aber die Wahrheit ist, dass ich fast nie irgendein Problem hatte, weil ich immer, wenn ich daran vorbeifuhr, an mein Mädchen dachte und an die Nacht, als sie zur Welt kam.

Da war schon eine Erinnerung vor der Erinnerung an das Unglück, etwas, das früher geschehen war, Suzes Geburt. Das Leben ist stärker als der Tod, jedenfalls in meinem Gedächtnis. Suzes Nacht strahlte durch alles hindurch, was sich davorgeschoben hatte.

Erst wollte sie nicht kommen, das Mädchen steckte im Geburtskanal fest. Nach jeder Wehe schwächte sich ihr Herzschlag wieder gefährlich ab. Zeitweilig war er sogar völlig verschwunden. Die Zeit geht schnell, wenn du auf einen Bildschirm starrst, auf dem der Herzschlag deiner Tochter in Linien und Pieptöne übersetzt wird. Kurze Erholungsphasen im Wechsel mit Sturzflügen. Schnell und langsam zugleich, wie es manchmal heißt.

Irgendwann wurde unser Zimmer von einem medizinischen Team gestürmt, bestehend aus Männern, Frauen und Mädchen. Ein quadratischer Kasten auf Rädern wurde von einer Frau in einem langen Arztkittel hereingeschoben.

Es wurde gearbeitet, geschnitten und gerufen.

Das Wunder wurde spitzköpfig an der Vakuumpumpe zum Vorschein gebracht.

Mit einer Schere schnitt ich das Mädchen von der Mutter. Das Geräusch war anders, als ich es mir vorgestellt hatte, schärfer; ich musste auch mehr Kraft auf die Schere ausüben, als ich erwartet hatte.

Suze musste gewogen und gemessen werden, betatscht, befingert und kontrolliert, in einem Nebenraum. Ada musste hergerichtet und zugenäht werden. Leicht im Kopf und schwankend, als hätte ich zu viel Sauerstoff eingeatmet, wartete ich, bis man mir Suze anvertrauen würde.

Dann lag sie in meinen Armen, in ein Tuch gewickelt, rosarot, fleckig und hilflos. Ich wiegte das Kind, mein eigen Fleisch und Blut, rot, mager, hässlich, lautstark. Mit meinem Herzen und Wesen wiegte ich sie. Schwingen war es eher, ja, schwingen tat ich das Kind, auf meinen Hüften hin und her, und ich legte zum ersten Mal meine Nase auf das Köpfchen meiner Tochter. «Jetzt bist du bei mir», flüsterte ich, «jetzt bist du bei mir.»

4

NACH DEN SCHWANGERSCHAFTEN UND GEBURTEN WAREN ADAS ARME UND BEINE ZWEIMAL SO DICK GEWORDEN. Der Bauch auch, die Brüste quollen fast aus dem BH. Wenn sie nackt war und sich weit vornüberbeugte, zum Beispiel um sich die Zehen abzutrocknen, sah sie von der Seite manchmal aus wie ein Wesen mit sechs Gliedmaßen.

«Früher brauchte ich mich mit nichts vorzusehen», sagte sie. «Aber jetzt?» Sie machte eine hilflose Geste. «Ich brauche ein Mars nur anzuschauen und nehme schon zu.»

«Dann schau halt nicht hin», sagte Mutter.

Die Kinder wurden größer, Ada wurde größer, ich blieb gleich – ich habe immer ein stabiles Gewicht gehalten – und Mutter wurde kleiner. Kompakter. Als ob ihr spezifisches Gewicht zugenommen hätte.

«Beließe sie es nur beim Hinschauen», sagte Vater. Dabei machte er ein Gesicht, als hätte er es schon sehr oft gesagt und als hätte sie nicht auf ihn hören wollen.

Ada setzte sich, behäbiger als zuvor, aber das gehörte dazu.

«Nach zwei solchen Schwangerschaften ist man wirklich nicht mehr dieselbe. Hattest du geglaubt, in einem Frauenkörper würde sich dadurch nichts verändern? Das weißt du doch auch, Tille. Ich konnte doch immer essen, was ich wollte! Gut, das habe ich nicht, natürlich nicht, nein, aber das hatte andere Gründe, darum geht es jetzt nicht. Das weißt du doch auch.»

Ich antwortete ihr nicht, ich fand es nicht schlimm, dass sie gewachsen war, nicht unangenehm. Im Bett konnte ich die Wölbungen riechen, scharf und süß, ich spürte die gestiegene Temperatur des ehelichen Fleisches. «Ada», flüsterte ich, denn alle schliefen schon.

Manchmal stieß ich sie an. «Ada, bist du noch wach?»

Sie ächzte leise.

Ich drehte mich auf die Seite und atmete ihr ins Ohr. Es hatte eine Zeit gegeben, da hatte es Ada Spaß gemacht, wenn wir uns auf dem Bett gegenübersaßen, nackt und mit nur einer schwachen Lampe an, und spielten, wer am längsten die Finger vom anderen lassen konnte. Ich verlor immer, außer wenn ich mich über das Bett zu ihr beugte und ihr sanft ins Ohr atmete. Das hatte ihr immer gefallen, es schien schon wieder eine geraume Zeit her zu sein.

«Du», flüsterte ich, «bist du wach?»

Sie wälzte sich hin und her. «Tille», sagte sie, «ach.»

Ich legte meine Hand auf ihren Bauch, sie war ein Wasserbett aus weißem Fleisch. Die Masse bewegte sich unter meiner Hand, weich und massiv. Einen Nabel konnte ich nicht mehr fühlen, ich fühlte nichts als Fett und Wärme, von einer Form war kaum mehr die Rede.

Langsam glitt meine Hand tiefer. Zu schnell ist nicht gut, außer es ist ein Teil des Spiels. Ich fühlte das Bündchen der Unterhose, den Beginn der scharfen Stoppeln darunter.

«Du», flüsterte ich.

Ich verlangte nicht viel, meine Forderungen waren zu vernachlässigen. Nie schlug ich mit der Faust auf den Tisch, um eine Entscheidung zu forcieren.

Sie zog einen Arm unter der Bettdecke hervor und strich mir über den Kopf. «Tille», sagte sie. «Entschuldige, aber ich bin echt ein bisschen zu müde jetzt.» Es folgte ein Lächeln, leise und beruhigend. «Komm», sagte sie. «Wollen wir nicht einfach schlafen?»

Manchmal stand ich auf, um zugunsten der Nachtruhe im Badezimmer zu onanieren. Den Umständen entsprechend hielt sich meine Haut noch ordentlich. Das Gesicht hing auch noch ganz normal an Ort und Stelle, an seinem ursprünglichen Platz, in der richtigen Höhe, es war noch nicht abgesackt, wie es mit allen Gesichtern geschah, die Jahre zogen sie langsam nach unten – eines Tages sah man keine oberen Zähne mehr, wenn man jemanden anschaute, sondern nur noch untere.

Ich trank ein Glas, ich wollte rauchen.

In den Lichtpfützen der Straßenlaternen tauchten Fahrräder auf, Jugendliche, Jungen und Mädchen, am Wochenende oft noch spät unterwegs, die sofort wieder im Dunkeln verschwanden – später schwebten ihre Lichter langsam an Derksens Haus vorbei.

Ada hatte sich selbst in De Tangelier neben mich gestellt, nicht umgekehrt. In den ersten Jahren hatte sie einen guten Eindruck gemacht, mehr als gut genug, um eine Familie zu gründen, ein Leben, aber jetzt hatte sich ihr Animo verflüchtigt.

Einmal bin ich nach dem Rauchen zurück nach oben gegangen, aber das war auch aus Frustration. «Ada», sagte ich in einem Ton, als ob es mir jetzt langte. «Los, aufwachen. Hierüber haben wir geredet. Das genau ist jetzt das, worüber wir immer reden.»

Es hatte keinen Sinn, sie reagierte nicht.

Eine Ehefrau gibt Sex wie eine Kuh Milch – ein paar Jahre lang, fünf, sechs, und dann ist die beste Zeit vorbei.

Diese Nacht – so habe ich es auch in den Verhören gesagt – bin ich aufs Fahrrad gesprungen. Ich zog mich an, während ich in die Scheune ging, wo es steht, ein schwarzes Modell mit Sattel, Handgriffen und Reifen in Beige. In der Frauenvariante nennt man es auch Omarad; der Name Oparad hat meines Wissens nie Anklang gefunden.

Ich bog sofort in die Dorfstraße ein und fuhr über das Klinkerpflaster ins nächste Dorf.

Ich fuhr in die Felder, kam ins Naturschutzgebiet, das Überlaufgebiet.

Bei klarem Wetter konnte man schon die Stadt sehen, eine große Halbkugel aus orangefarbenem Licht am Horizont, wie eine untergehende Sonne; das Versprechen von Freiwilligkeit.

«Dreißig Kilometer hin und dreißig zurück», sagte der Ermittlungsbeamte. Es war der Anfang eines neuen Verhörs, der Morgen war noch frisch. «Mitten in der Nacht, dazu immer dieser Wind.» Er schaute schnell nach links und nach rechts, als würde er etwas suchen. «Warum haben Sie nicht einfach das Auto genommen?»

«Weil ich Fahrrad gefahren bin», sagte ich. «Ja, tut mir leid, aber das ist einfach die beste Antwort. Ich bin mit dem Rad gefahren. Ich bin ein Radfahrer, ich fahre gern Rad.»

«Hatten Sie Angst, man könnte ihr Nummernschild erkennen?»

«Nein», sagte ich. «Wieso? Warum sollte jemand mein Nummernschild erkennen? Warum sollte ich das nicht dürfen? Zu den Huren zu gehen, ist doch nicht verboten!»

«Wenn man etwas vorhat», sagte er, «das das Tageslicht scheut, kann es manchmal praktisch sein, wenn nicht jeder das Nummernschild sieht.»

«Ich hatte nichts vor», sagte ich. «Nichts anderes als ich schon gesagt habe. Nichts, was nicht erlaubt wäre jedenfalls. Ich fahre gern Fahrrad. Es macht mich ruhig, dann kann ich meine Gedanken ordnen. Echt, eine halbe Stunde tüchtig in die Pedale getreten und man fühlt schon, wie sich das ganze Herz-Lungensystem entspannt. Wenn ich zurückkomme, sieht die Welt schon wieder ganz anders aus.»

Sie tauschten einen Blick.

«Radfahren», sagte ich. «Das kennen Sie doch?» Ich lachte. «Schwerer Tag, der Kopf ist voll, Ärger, Lärm, nirgends Ruhe im Haus. Dass man mal kurz raus muss, an die frische Luft?»

Ich fuhr überall hin.

Ich radelte über alle Dörfer in der Umgebung.

Zum Asylbewerberheim, und weiter noch an der Dorfkneipe De Dorelaer vorbei – manchmal bin ich dem Wasser gefolgt, bis ich das Watt riechen konnte.

Die Ermittler begriffen nicht, dass es mir um das Radfahren zu tun war. Sie haben darüber gelacht. Der Spott ist mir nicht entgangen, der Sarkasmus, der harte, ausgehärtete Unglaube. Aber sie lachten mit langen Gesichtern, flach und tonlos, als hätte jemand einen Witz gemacht, der bei näherem Hinsehen doch nicht so witzig war.

5

EIN UNGEÜBTES AUGE SIEHT AUF EINER KOPPEL MIT KÜHEN KEINE ORDNUNG. Man muss erst eine Weile mit ihnen arbeiten, bevor man die Verhältnisse zueinander erkennt, die Unterschiede im Verhalten, und allmählich auch entdeckt, dass in dieser augenscheinlich so lahmen Reihe von Tieren, die jeden Tag in dem gleichen fast willenlosen Tempo zur Weide unterwegs sind, tatsächlich so etwas wie eine Hierarchie existiert.

Manchmal möchte man an dieser Rangordnung etwas verändern. Dann läuft es nicht rund, dann geht alles durcheinander. Man kann aber selbst viel dazutun. Man kann einige absondern und sie aus dem offenen Stall gegenüber ein paar Tage den anderen zusehen lassen. Man kann sie in die gewünschte Reihenfolge zwingen, wenn man das will, wenn es nötig ist, was fast nie vorkommt.

In der Schweiz hängen sie den Tieren in solchen Fällen nach dem Winter andere Glocken um. Eine Dame, die etwas weniger vorlaut sein soll, bekommt eine kleinere, leichtere als sie gewohnt ist; eine junge

Kuh, noch etwas schüchtern in der Gruppe, bekommt eine große, schwere.

Wieder auf der Weide kommen die Tiere durch den frustrierenden Klangbrei, den sie selbst fabrizieren, aus dem Tritt. Darum arbeiten sie wieder zusammen, sie müssen ja, sonst werden sie verrückt. So wie ich Fahrrad fahre, laufen sie voreinander her. Sie bewegen den Lärm fort, bis er Musik geworden ist.

In der Küche stand jetzt eine tüchtige Frau, eine Mutter, eine Storkema, mit neben sich in derselben Küche noch einer Frau, noch einer Mutter, noch einer Storkema, alt, aber ungebrochen über eine Einkaufsliste gebeugt, die die andere nicht sehen durfte.

«Wollen wir nicht mal Fisch essen?», versuchte es Ada. «Fisch? Ist gesund, Fisch. Jeden Tag Fleisch ist auch nicht gut, oder?»

Ada konnte sich nicht an unser Kalbfleisch gewöhnen, die Tiere taten ihr immer noch leid, obwohl ich ihr erklärt hatte, dass die andere Option für Stierkälber das Vergastwerden war, so wie bei den männlichen Küken von Legehennen. Was sollte man sonst damit machen? So hatten die Kälbchen noch ein kleines Leben, wenn auch nicht viel, und man selbst hatte auch noch etwas davon. Alle redeten immer von den armen Kälbchen, aber über die männlichen Küken verlor keiner ein Wort.

«Nein», sagte sie, «die männlichen Küken, nach

denen kräht kein Hahn.» Und sie fing an zu lachen, was ich mir gemerkt habe, nicht wegen des angeblichen Witzes, sondern weil ich zum allerersten Mal sah, dass jemand etwas verstehen und gleichzeitig nicht verstehen konnte.

Mutter gab keine Antwort.

Vielleicht, dachte ich, war das Haus nicht groß genug für zwei Ehepaare – es waren ja auch noch zwei Kinder hinzugekommen. Es gab zu viele Männer im Haus, zu viele Frauen, zu viele Leiber, Gliedmaßen. Jeden Abend gab es Streit um die Fernbedienung.

«Ich wüsste eigentlich auch noch ein paar Auflaufrezepte», sagte Ada, aber Mutter zog schon den Mantel an, nahm ihre Tasche und ging zur Tür hinaus.

Es war Frühjahr, die Zeit von Amseln, Gänseblümchen; die erste Mäharbeit im Jahr. Am Morgen hatte sich eine Kuh aus der Reihe gelöst. Sie schaute mich an, ich schaute zurück. War es Zuneigung? Dankbarkeit?

Manche Leute sagen, Kühe würden die Bauern lieben wie Geiseln ihre Geiselnehmer, aber wenn das stimmt, kann man von Bauern das Gleiche sagen.

Macht das einen Unterschied?

Aufmerksamkeit ist Aufmerksamkeit, Liebe ist Liebe. Wenn Liebe nicht schon aus Abhängigkeit geboren wird, dann stirbt sie darin.

Liebe wird aufgebaut, Tag für Tag.

Vielleicht ist es Vertrauen.

Jeden Tag Aufmerksamkeit, jeden Tag neues Futter, jeden Tag wieder ein nettes Wort. Die guten Erfahrungen stapeln sich. Jeden Tag kommt wieder ein bisschen Vertrauen obendrauf. Die Kuh fühlt sich immer besser bei dem Bauern, je mehr die Zeit voranschreitet. Am letzten Tag vor der Schlachtung ist ihre Liebe dadurch auf dem Höhepunkt.

Das ist das Verrückte, das Widersprüchliche: In dem Moment, wenn die Gefahr am größten ist, fühlen sich die Kühe am sichersten.

Ada kam und stand hinter mir, eine Hand auf meiner Schulter. Ich frühstückte erst dann, wenn die erste Arbeit getan war, wenn ich ruhig sein konnte, was die Arbeit anging, wenn das Haus auch ruhig war. Durch das Fenster sahen wir Mutter ins Dorf radeln, ohne dass sie sich umdrehte oder winkte.

Eine Weile blieb es still.

Ich versuchte zu kauen, ohne Geräusche zu machen; eine Aufgabe, die umso schwieriger wird, je länger man sie durchzuhalten versucht.

«Dieses Haus», sagte sie. «Dieser Tisch allein schon. Wie lange steht dieser Tisch jetzt schon hier?»

«Lange», sagte ich. «Sehr lange. Schon immer, wenn du mich fragst.»

Der Tisch war braun und robust, mit massiven, quadratischen Beinen. Unter diesem Tisch hatte ich einen Teil meiner frühen Kindheit verbracht. Mutter hörte

Platten in dieser Zeit, wir hatten einen Plattenspieler. Das Ave Maria am liebsten. Immer das Ave Maria. Ich kenne den Text noch größtenteils auswendig.

Der Tisch würde noch eine Weile halten, wenn man mich fragt. Ihn zu ersetzen, war noch längst nicht an der Reihe.

«Ja», sagte sie, «das meine ich nicht. Ich meine» – sie schaute um sich, betrachtete alles ganz genau, die Fenster, die Fensterrahmen, die Fensterbank, die Tapete, die Lampenschirme und die Kacheln an der Küchenwand – «wann ist an diesem Haus das letzte Mal etwas getan worden?»

Am selben Abend – ich denke, es war derselbe Abend, es kann auch ein paar Abende später gewesen sein – saßen wir nach dem Essen im Wohnzimmer, die Kinder lagen gerade im Bett. Unerwartet stand Ada vom Sofa auf. «Mir kommt auf einmal eine gute Idee», sagte sie. «Ein Wintergarten. Ja, ein Wintergarten. Wir müssten hier eigentlich einen Wintergarten anbauen.»

Sie drehte sich zu uns um und strahlte. «Ja», sagte sie. «Ein Wintergarten, ein Anbau, mit ganz viel Glas, das macht es hier drinnen gleich ein Stück geräumiger.»

Es wurde still im Wohnzimmer, die Stille berappelte sich wieder. Mutter schaute zu Vater.

Vater saß in seinem Sessel vor dem Fernseher, das Bein und den Stumpf ein Stück auseinander, der Bauch musste atmen können, und rieb mit der Hand über die Stelle im luftleeren Raum, wo sich sein linkes Bein befunden hatte, das beinförmige Loch in der Wirklichkeit.

«Für den Wert des Hauses», sagte Ada, «ist ein Wintergarten übrigens auch nicht schlecht. Echt, alle wollen heutzutage einen Wintergarten. Das treibt den Preis gleich in die Höhe.»

«Ja», sagte Vater. «Gute Idee. Was machen wir mit einem Wintergarten?»

Ada ging zu dem Tisch und schob diesen andeutungsweise an die Stelle, wo er in ihrer Vorstellung stehen würde. «Also», sagte sie, «dann kann der da schön stehen, im Wintergarten.» Sie hob den Kopf und lachte. «Stellt euch mal vor, wie viel zusätzliches Licht man dann bekommt.»

«Platz, um den Tisch hinzustellen», sagte Vater. «Platz, um den Tisch hinzustellen. Ja, ich verstehe. Aber dürfte ich dir dann eine Frage stellen? Wo steht er jetzt?»

«Ja», sagte Ada. «Tja.» Sie verstand die Frage nicht ganz, sie verstand nicht, worauf er hinauswollte, was er hören wollte und was nicht – das Einzige, was sie verstand, was sie zu verstehen können meinte, war, dass es sich vermutlich um eine Fangfrage handelte. «Ja», sagte sie leise. «Der Tisch steht hier. Wo er halt immer steht.»

«Genau», ächzte Vater – das beinförmige Loch in der Wirklichkeit hatte sich mit Phantomschmerz vollgesogen. «Der Tisch steht, wo er jetzt steht. Er steht, wo er immer steht, wo er schon stand, als Tille noch geboren werden musste. Aber lass mich dich noch etwas fragen, wenn du gestattest – was machen wir dann mit dem Platz, wo der Tisch jetzt steht?»

«Ja», sagte Ada. «Ja, nichts halt. Der ist dann einfach da, der Platz. Das ist doch gerade schön, das macht es im Haus doch angenehmer. Dass man mehr Luft zum Atmen hat. Zum Bewegen. So groß ist es hier ja wirklich nicht. Wir alle könnten durchaus etwas mehr Raum gebrauchen.»

«Und diesen Raum nutzt du», sagte Vater mit reibender Hand, «wenn ich es richtig verstanden habe, um ihn dir anzusehen. Um dich hineinzustellen. Richtig? Ja, das tust du damit, mit dem neuen Raum, was sonst sollst du damit anfangen. Du stellst dich hinein. Und sonst nutzt jemand anderes ihn, um sich hineinzustellen. Ist es nicht so? Ein Wintergarten kostet an die zwanzigtausend. Zwanzigtausend Euro für etwas zusätzliche Stehfläche. Ist es nicht so?»

«Früher stand hier nie jemand», sagte Mutter. «Es war nicht nötig, sich dort hinzustellen. Warum sollte man sich mitten ins Zimmer stellen? Es gibt doch Sitzmöbel!»

6

MANCHMAL, WENN WIR ALLEIN WAREN – ES GAB BEISPIELSWEISE AN EINEM ABEND EINE BÜRGERVERSAMMLUNG IN SACHEN ASYLBEWERBERHEIM – STELLTE ADA NACH DEN NACHRICHTEN IM VORBEIGEHEN EIN BIERCHEN VOR MICH HIN. Sie summte noch ein Weilchen in meinem Gesichtsfeld herum – verschob etwas auf der Fensterbank, entfernte ein abgestorbenes Blatt aus einer Zimmerpflanze – bevor sie sich neben mich auf die Couch setzte.

«Was hast du gemacht?», sagte sie. «Du bist noch völlig ... Warte.» Sie feuchtete ihren Daumen mit der Zunge an und rieb mir konzentriert schielend einen Farbspritzer aus dem Gesicht. Die Ställe waren von innen wieder weiß. Es konnte kein Frühjahr geben, wenn der Winter noch an den Wänden pappte – das Meiste bekam man mit der Spritze weg, der Rest verschwand unter dem Farbroller.

«Na ja», sagte sie lachend und kopfschüttelnd, bevor sie sich an mich schmiegte, ihre Schulter unter meinen Arm drückte, «sagen wir mal, das nutzt sich wieder ab.»

«Manchmal denke ich noch daran», sagte sie kurz darauf. «De Tangelier, der erste Abend. Du nicht? Verrückt eigentlich, wie lange das schon wieder her ist. Wie lange her es schon wieder scheint. Fast ein halbes Leben, so fühlt es sich an – hat sich ja auch so viel verändert seit dieser Zeit.»

Ich sagte, es wäre nicht verrückt, an Dinge zu denken, das wäre es nie, das könnte es höchstens werden, wenn man die Gedanken zur Sprache brachte.

«Was dachtest du damals, als du mich sahst? Habe ich dir gleich gefallen?»

Es war keine unerwartete Frage, aber normalerweise redeten wir nicht so. Sie war in der Diskothek auf mich zugekommen und nicht umgekehrt. Bei der Tanzfläche hatten wir uns in dem jeweils anderen gesehen. Wir waren zwei intelligente Seelen, die wussten, was zum Verkauf stand, und die gemeinsam beschlossen hatten, ihr Geld in der Tasche zu behalten. Es gab keinen Grund, daraus im Nachhinein eine andere Geschichte zu machen.

«Ach, Tille», sagte sie lachend, so als würde ich sie hänseln. «Bitte, mach es mir nicht so schwer. Ich bin eine Frau. Frauen brauchen es ab und zu, etwas Liebes zu hören.»

«Ja», sagte ich. «Ja, nun ja.»

«Ja», sagte sie. «Was hast du gedacht, als du mich sahst? Das weißt du doch noch, oder?»

Ich schaute sie an. War sie schön, schön gewesen?

Schön, das war ein leidiges Thema, nicht alles und jeder war so einfach mit Schönheit in Verbindung zu bringen. Teile konnten schön sein, Augen, Haare, Beine. Musik konnte schön sein, Mutter, die Musik hörte, Ave Maria, die ganze Atmosphäre dabei, die Ruhe im Haus. Suze war schön, bildschön, das Schönste, was ich mir vorstellen konnte. Immer wenn ich sie sah, war sie wieder genauso schön, jeden Tag, jeden Moment. Wenn man sich später wieder mal die Fotos anschaute, war sie immer noch sehr schön, jedoch war es schwieriger, sich in das Entzücken des Augenblicks zurückzuversetzen – als ob die Zeit ihre Schönheit mitgenommen hätte.

Ada legte mir ihre Hand auf die Brust. «Bitte», sagte sie, «hattest du keine Angst, mich zu bitten, mit dir auszugehen? Hattest du keine Angst, ich könnte dich abweisen?»

«Doch», sagte ich und gab ihr einen Kuss auf den Kopf.

Sie seufzte und hielt ein Weilchen still.

Vor dem Fenster hockten Stare mit verschlissenen Federn. Ich hatte Suze erzählt, dass Stare lange Reisen unternehmen müssen, um zu uns zu kommen, daher auch der Verschleiß an den Federn. Sehr lange Reisen. Genau wie Papa eine lange Reise hätte machen müssen, um zu ihr zu kommen. Zwar war er dabei die ganze Zeit an ein und demselben Ort geblieben, denn es war mehr eine innere Reise gewesen, aber das würde sie noch begreifen, später, wenn sie älter war.

Ich hatte ihr auch erklärt, dass Stare andere Vögel nachahmen. Sehr gut sogar – man hörte fast keinen Unterschied. Wenn man ihnen in den Wochen nach ihrem Eintreffen also genau zuhörte, verriet einem das, welchen Vögelchen die Stare unterwegs alles begegnet waren. Ich hatte mit ihr unter den Bäumen gestanden, einen Zeigefinger an die Lippen gelegt und geflüstert: «Jetzt muss Suze ganz still sein, mäuschenstill.»

«Es ist voll im Haus», sagte Ada.

Kurz darauf: «Etwas zu voll, finde ich manchmal.»

«Die Atmosphäre im Haus», sagte sie, «wird davon nicht besser. Ich meine, es wird nicht einmal mehr versucht, sich zu streiten. Dein Vater», sagte sie. «Hast du gesehen, dass er die Fernbedienung mitnimmt, wenn er nach oben geht?»

Das hatte ich, es war kein tröstliches Bild. Ein alter Mann, der sich Stufe um Stufe hinterrücks auf dem Hintern die Treppe hinaufschob, in der Faust eine Fernbedienung, auf dem Gesicht eine verbissene Grimasse.

Sie spielte mit den Knöpfen meines Shirts, einem grünen Poloshirt, etwas zu grün für meinen Geschmack. «Wäre es nicht viel natürlicher, wenn wir hier einfach zu viert wohnen könnten?», fragte sie. «Wenn wir einfach für uns wären, unsere eigene Familie?»

«Du weißt, was du dann zu hören bekommst», sagte ich.

Sie hob den Kopf. «Ich entkleide mich nicht früher, als bis ich zu Bette gehe!»

«Ja, ich entkleide mich nicht früher, als bis ich zu Bette gehe», sagte ich. In der Familie wurde dieser Spruch vom Vater an den Sohn weitergereicht, ich weiß nicht, seit wie vielen Generationen schon. Nicht den Hof konnten die Söhne nach einem halben Arbeitsleben auf demselben bekommen, sondern diesen Spruch. Opa hatte ihn auch gerufen. Bis ins Pflegeheim hatte er es gerufen, obwohl da schon alles auf Vaters Namen überschrieben war.

«Ich entkleide mich nicht früher, als bis ich zu Bette gehe?», sagte sie. «Sie werden doch wohl hoffentlich verstehen, dass wir wirklich nicht mehr so lange warten können.»

Ich legte meine Hand auf ihren Schenkel und zwickte sie leicht.

«Ach, Tille», sagte sie. Sie fasste meine Hand und führte sie mit an ihren warmen Hals. «Ich weiß, woran du denkst. Und du hast sogar recht. Wirklich. Das muss auch anders werden, das ist mir durchaus klar. Aber weißt du, ich halte es manchmal wirklich nicht mehr so richtig aus. Du bist immer draußen, aber ich habe diese Leute den ganzen Tag am Hals.»

Ich schaute sie an, sie hatte recht, aber was war zu tun? Man konnte meine Eltern nicht mit Gewalt vor die Tür setzen, das heißt, man konnte schon, aber dann gehörte einem der Laden immer noch nicht.

«Man sollte meinen», sagte sie, «dass es den Leuten gefallen würde, Großeltern zu sein. Dass sie den

Kindern mal etwas Aufmerksamkeit zukommen ließen. Etwas Schönes mit ihnen unternähmen, mal auf sie aufpassten. Und wenn es nur deswegen wäre, um mir ab und zu etwas Arbeit abzunehmen.»

«Sie sind keine Kindernarren», sagte ich. «Kleine Kinder haben ihnen noch nie viel gesagt.»

«Alles wird irgendwann noch gut, echt», sagte sie. «Mit allem, mit uns. Wenn wir hier erst einmal allein sein könnten.»

Ada machte mich darauf aufmerksam, dass Vater schwächer wurde. Auf einem Bein habe er sich schon immer sehr behelfen müssen, sagte sie. «Ohne dich hätte er längst keinen Hof mehr.» Aber jetzt war der restliche Körper so alt geworden, dass man das, was er tat, eigentlich nicht mehr arbeiten nennen konnte. «Die Dieselrechnung», sagte sie mitunter, wenn sie ihn auf dem Traktor vorbeikommen sah, mehr Vergnügungsfahrer als Bauer, «dazu trägt er noch bei.»

Am Nachmittag waren wir mit dem Zaun beschäftigt gewesen. Ich setzte einen Pfahl mit der Spitze in ein Loch. Junge Frauen radelten vorbei, Jungen auch, Mädchen vom Asylbewerberheim. Ein Stück weiter, etwas höher im Land, kam der Pendlerverkehr aus der Stadt in Gang.

Vater stand zwei Meter von mir entfernt, verbissen, konzentriert vielleicht. Er hob den Hammer hoch, ließ ihn hinter seinem Kopf und Rücken nach unten sinken, unterschätzte jedoch dessen Gewicht und schwankte auf seinen ungleichen Beinen.

Nachdem er sein Gleichgewicht wiedergefunden hatte, schaute er mich an. «Ja? Bist du soweit?»

Suze kam, es sich auch ansehen. Sie trug ein rosa Kleidchen mit Puffärmelchen, darunter eine weiße Bluse. Die runden Wangen, die fleischigen Ärmchen und Beine, das Bäuchlein, das sie immer so wunderbar herausstreckte, der kleine Popo, sie war zum Auffressen.

Sie stellte ihr Laufrad gegen die Beinprothese ihres Großvaters und schaute zu dem schwankenden Mann mit dem Hammer hinauf.

Von drinnen klopfte es ans Fenster. Ada stand in der Küche, Friso auf einer Hüfte. Sie winkte, schüttelte den Kopf, gestikulierte und sprach, aber wir verstanden nicht, was sie meinte, und wollten schon weitermachen, doch sie gebärdete sich noch heftiger.

Meine Mutter hatte sich neben sie gestellt, aber sie gestikulierte nicht, sondern stand einfach da.

Vater hatte den Hammer im Gras abgestellt, den Stiel nach oben, nahm ihn jetzt aber wieder zur Hand, hob ihn mühsam über seinen rot gewordenen Kopf und ließ ihn wieder hinter seinen Rücken sinken, worauf er abermals zu schwanken begann. «Ja? Kann ich? Bist du soweit?»

Wieder das Klopfen ans Fenster, viel lauter diesmal.

Kurz darauf kam Ada nach draußen.

Von der Auffahrt aus sagte sie: «Was soll das? Jetzt sei nicht verrückt. Das Ding ist viel zu schwer. Überlass das doch Tille. Gleich fällst du noch, oder du verletzt dich. Und schickt Suze da weg. Suze, komm hierher, für Kinder ist es da zu gefährlich!»

Schon seit Wochen war die Luft spannungsgeladen, es war die Anspannung des Mannes, der weiß, dass sein Abgang vom Sohn und von dessen Frau erzwungen wird, dieser Außenstehenden ohne Gefühl für den bäuerlichen Betrieb. Die Anspannung des Mannes, der diesen Betrieb aufgebaut hatte, über den Zeitpunkt seines Abgangs aber nicht selbst entscheiden durfte.

«Verdammt», sagte Vater und spuckte sich in die Hände.

«Jetzt gib das Ding schon Tille», sagte Ada. «Ich will, dass du es ihm auf der Stelle gibst!»

Mein Vater hatte noch nie ein Wort von Ada an sich herankommen lassen und würde es auch diesmal nicht tun. Er packte den Hammer und schaute zu mir; ich beugte mich vor zu dem Pfahl und versuchte, ihn nur mit meinen Fingerspitzen an Ort und Stelle zu halten.

«Suze, komm her!», rief Ada. «Tille, nimm die Hand da weg! Sei du wenigstens vernünftig. Gleich passiert noch ein Unglück. Muss es erst ein Unglück geben?»

Er holte aus.

Der Hammer landete neben dem Pfahl im Boden, viel niedriger als erwartet, und er ließ den Stiel nicht los, sodass er über den Hammer hinweg fast langsam ins Gras geworfen wurde.

Beim Essen erzählte Ada ganz beiläufig, dass neue Häuser gebaut würden, auch eigens für Senioren, in dem Neubauviertel direkt am Einkaufszentrum. «Nicht irgendwas», sagte sie, «sondern schöne Häuser. Alles ebenerdig – ideal.»

Vater schaute sie sprachlos an.

Ada fiel sofort aus der Rolle. «Ja, tut mir leid», sagte sie. «Tut mir echt leid, aber irgendwann werden wir doch darüber reden müssen. Ich meine jetzt, jetzt, wo alles noch gut geht, wo es auch noch nicht nötig ist.» Sie schaute in die Runde, aber niemand erwiderte ihren Blick. «Nicht wahr? So heißt es doch immer! Dass man die Dinge vereinbaren muss, wenn es noch gut geht!»

«Mein Papa hat zwei Schniedel», sagte Suze.

Alle blickten wir zu ihr, der kleinen Suzanne, stolz auf sich und ihre neue Beobachtung. Die dünnen Härchen, weiß noch und fast durchsichtig, hatte sie von Ada, die Augenfarbe von mir. Es war das blasseste, hellste Blau.

Sie hatte mich auf der Wiese pinkeln sehen.

Ich hatte ihr die blaue Jacke angezogen. Entlang des Reißverschlusses hatte die Jacke so eine rote Linie, eine Paspel, auch um die Kapuze. Ich weine nie, Ada macht sich manchmal Sorgen deswegen, aber als ich diese kleine Kapuze mit den nass gesabbelten Kordeln um ihr Gesichtchen strammzog, so rosa, rund und weich, da musste ich die Zähne zusammenbeißen.

Sie hatte die Augen nahe an den Strahl gehalten, als ob es da etwas Besonderes zu sehen gab. Ich ließ sie gewähren. Ein Kind lernt von seinen Eltern, auch was den Körper angeht. Meinetwegen durfte sie sehen, was sie sehen wollte, lernen, was sie lernen wollte, wenn ihr das nötig oder spannend erschien. Von wem sonst sollte sie solche Dinge lernen? Das Tempo bestimmte das Kind selbst.

Nach dem Pinkeln zog ich meine Vorhaut zurück und schob sie wieder vor, und ich wiederholte diese Handlung einige Male, wobei ich auf dem Weg nach vorn immer leicht zudrückte, damit das Nass nach vorn getrieben wurde und abgeschüttelt werden konnte.

Da war sie kurz zurückgezuckt. Vor Schreck. Kinderschreck. Sie hatte meine Eichel erblickt. Die hatte sie da noch nie gesehen, es war immer Haut davorgewesen. Sie hatte da nichts mehr erwartet.

«Das ist eine Eichel», hatte ich ihr erklärt. «Einfach nur eine Eichel. Nichts Besonderes.» Ich hielt es nicht für nötig, das jetzt am Tisch zu wiederholen.

«Ich entkleide mich nicht früher», sagte Vater, «ich entkleide mich nicht früher ...»

«... als bis ich zu Bette gehe», sagte Ada.

Sie wartete etwas.

Dann sagte sie: «Tut mir echt leid, ja. Aber das kennen wir mittlerweile. Sieh dich doch mal um, Jan.

Die Kinder werden größer, jeder wird älter. Darüber können wir doch mal reden?»

«Schluss», sagte Vater, plötzlich wütend. Er betrachtete seine eigene, geballte Faust, die er bis zu seinem Ohr erhoben hatte. In ihr steckte noch eine Gabel. Wäre es eine Serviette gewesen, hätte er sie auf den Tisch gefeuert, aber wir arbeiteten noch nicht mit Servietten.

«Jan», sagte Mutter, was bewies, dass sie noch viel mitbekam.

Er legte seine Gabel auf den Tisch und schob sich mit seinem einen Fuß kräftig nach hinten, sodass er am Ende krumm dasaß und die Wirkung größtenteils verloren ging.

Es dauerte anschließend etwas, bevor er auf den Beinen war – inzwischen hatte Ada schon seine Krücken geholt. «Ich verstehe, dass dir die Vorstellung nicht gefällt», sagte sie. «Uns gefällt sie auch nicht. Es ist ja auch keine schöne Vorstellung. Aber versuche, dich in nächster Zeit ein wenig daran zu gewöhnen. Irgendwann muss es ja doch sein, wie leidig und unangenehm es auch ist.»

Ohne zu antworten, arbeitete er sich durch die Küche nach hinten. Bei der Tür drehte er sich noch einmal zu Mutter um. «Ich baue dir einen neuen Zaun im Garten», sagte er. Es klang fast wie eine Drohung. «Morgen hast du einen neuen Zaun im Garten.»

Ada schaute ihm seufzend hinterher. Danach setzte

sie sich wieder an den Tisch, seufzte nochmals und griff dann zum Kartoffellöffel. «Mag noch jemand?»

«In Papas Schniedel ist ein Schniedel», sagte Suze.

«Nur einer», sagte ich, und ich hielt Ada meinen Teller hin. «Nur einer. Papa hat nur einen Schniedel, so wie jeder.»

Mit einem schönen, trockenen Geräusch fielen die Kartoffeln vom Löffel auf den Teller. «Du hast meine Eichel gesehen», sagte ich. «Jeder hat eine Eichel. Alle Männer. Opa auch.»

Mein Mädchen pikste neugierig in eine Kartoffel. Sie aß gut. Sie mochte fast alles.

7

DASS DIE PRODUKTION NACH EINER ÜBERNAHME ZURÜCKGEHT, IST UNÜBLICH. Es kommt nicht vor. Es ist nicht logisch, nicht normal. Sein ganzes Leben hat der Sohn gesehen, wie der Vater es gemacht hat. So lernte er das Fach, die Tiere, den Boden, die Saaten, so bekam er ein Gefühl für den Betrieb. Sein ganzes Leben lang hat der Sohn auch darüber nachgedacht, wie es besser laufen könnte, effizienter. Sobald der Vater den Hof verlässt, macht es der Sohn auf seine Weise, natürlich unter Beibehaltung des Guten. So ist es immer gegangen, nicht nur bei den Bauern. Man profitiert vom Vorgänger und braucht sich den Kopf nicht mehr an den Balken anzustoßen, die dessen Schritt verlangsamt haben. Die Produktion wird mehr. Nicht weniger.

Nach dem Melken laufen die Kühe durch die hinteren Türen ins Freie, wo sie ihrem ausgetretenen Pfad auf die Weide folgen. Früher hat sie der Hund dorthin getrieben, und zwar immer mit mehr Begeisterung als nötig, aber der Hund hatte mich gebissen.

Nie habe ich meinen Vater weinen sehen, nicht

aus Trauer, Entsetzen oder Rührung, selbst nicht, als seine Eltern starben, oder er sein Bein verlor. Aber an dem Tag, als der Hund getötet werden musste, war er untröstlich, ein Waschlappen, die Rührseligkeit selbst.

«Ich wollte nur mal ganz kurz weg», sagte er, «aber ich bin noch nicht zur Tür hinaus, bin noch nicht um die Ecke, da springt er ihn an. Ein Blitz. Ich hörte, wie es geschah. Die erste Chance, die der Hund bekam, hat er gleich ergriffen.»

Später fragte er, ob ich etwas getan hätte, um den Hund aus der Fassung zu bringen. «Deine Mutter hat gemeint, es wäre noch etwas zu früh, jetzt schon davon anzufangen», sagte er, «aber es war mein Hund, ich muss es wissen.»

«Unser Herrgott hat alle seine Kinder gleich lieb», sagte Mutter. Sie häkelte niedrige Schmuckgardinen gegen Einblicke von der Straße.

«Ja», sagte Vater. Er stand auf. «Aber wir haben nur eins.»

Ich öffnete das Gatter, die Kühe liefen bis nach hinten durch. Den Tag über grasten sie sich wieder schräg nach vorne zurück. Jede Sekunde ein Maul Gras, ihre Hüpfbälle von Mägen mussten so schnell es ging gefüllt werden; danach gab es noch so viel Arbeit zu tun. Sie waren notgedrungen grob und gefräßig. Alles ging mit hinein. Nägel, Schrauben, Stücke vom Gartenschlauch.

Alles, was man liegenließ, was von der Straße aus in die Wiese geworfen, alles, was aus den Maschinen gerüttelt wurde. Bis ins Schlachthaus waren wir mit Magneten zugange.

Das Gras war dunkel, noch wollig vom Nebel, der Himmel voller Schwalben. Sie flogen und flogen, die Schwalben, keinen Moment hatten sie Ruhe. Sie machten alles in der Luft: fressen, sich paaren und schlafen. Sie mussten immer hoch in den Himmel hinaufsteigen und sich danach fallen lassen, um während des darauffolgenden, kurzen Herabtaumelns wenigstens für kurze Zeit einnicken zu können.

Ich ging auf die Wiese, zu schnell für Suze, die aus dem Haus gekommen war und innen über den Hof auf mich zugerannt kam und schon bald nach mir rief. Vielleicht war der Kaffee fertig, vielleicht saß jemand in der Küche, vielleicht war auch nichts. Sie blieb kurz stehen, rief wieder und nahm dann die Verfolgung auf.

Sie liebte mich.

Mehr als ich mir je hätte denken können.

Sie war bei mir, wollte bei mir sein, sie war wie Wachs in meinen Händen.

Wenn ich ins Haus trat, konnte ich fühlen, wie sehr man auf mich gewartet hatte. Mit wie viel Liebe. Ganz gleich, womit sie in diesem Moment beschäftigt war, sie ließ alles aus den Händchen fallen, sprang auf und flog auf mich zu.

Sie wollte in meine Arme, jeden Tag – Vater und Tochter drückten sich fast zu Mus.

Ich liebte sie auch, auch mehr als ich je hätte denken können. Mehr als mich selbst, wenn das noch etwas zu bedeuten hat, viel mehr, unübersehbar viel mehr. Ein Haus ohne Suze war kein Haus, ein Essen ohne sie gab es nicht – ich hatte mir nie vorgestellt, wie es sein würde, Aufstehen, die Rituale des Aufstehens, und dass sie dann nicht da war.

Ich liebe sie immer noch, natürlich liebe ich sie noch immer. Warum sollte ich sie nicht mehr lieben? Ich glaube, ich bin in unserem Leben nur ein oder zwei Mal böse auf sie gewesen.

Sie rief und rannte, aber schnell näher kam sie nicht. Ich gehe auch etwas schneller als die meisten Leute. Etwas schneller, nicht viel. Bloß einen kleinen Extraschritt. Ada sagt, es sähe aus, als würde ich den ganzen Tag mit einer Schubkarre herumlaufen, auf den letzten Metern vor dem Auskippen auf den Misthaufen. Ich gehe, als hätte ich gerade einen Gang zugelegt, als hätte ich einen Schubs bekommen, als würde mich jemand anschubsen, wie man ein Kind, das neben einem radelt, aus Versehen ein klein wenig fester anschiebt als es ihm angenehm ist.

Ich gehe im Tempo des Betriebs, bestimmt vom Zusammenspiel von Einkünften und Ausgaben. Das Tempo wird höher, je ungünstiger das Zusammenspiel ausfällt. So günstig ausgefallen, dass ich das Tempo ruhigen Herzens hätte verlangsamen können, ist es noch nie.

«Papa, nicht so schnell!»

Wie oft hatte ich das nicht schon gehört. Papa, nicht so schnell. Nicht so schnell, Tille, wir haben keine Eile, wir brauchen nicht verschwitzt anzukommen. Aber so gehe ich, so ging ich über mein Land, das Land, auf dem die Familie schon in der vierten Generation Kühe hielt. Erst Holstein-Rinder, danach Holstein-Friesians, große, hochgezüchtete amerikanische. Plump und groß und schlammig fürs Auge, hochbeinig, es geht viel Wind unter ihnen durch.

Die Milchkuh musste kantiger werden, das Rückgrat mager, nach unten hin mussten sie immer breiter werden. Alle Energie musste nach unten gehen, ins Euter, in die Milch. Sie sollten die Energie nicht für sich selbst verwenden.

Produktionsverlust frisst an dem, was du bist, was du immer warst: ein Bauer, ein guter Bauer, oder zumindest ein durchschnittlicher. In der Zeit der Milchkannen dauerte es nicht lange, bis ein solcher Verlust zur Schande wurde. Sofern nicht schon der Milchfahrer bemerkte, dass sich die Kannen verdächtig leicht handhaben ließen, entdeckte man spätestens in der Fabrik beim Abnehmen der Deckel, dass sie halbleer waren, und gab die Neuigkeit untereinander weiter.

In Computerzeiten sprach einen die Schande nicht länger auf der Straße an, bekam man sie nicht mehr per anonymem Brief in den Kasten oder als Mist an die Fassade geworfen, sondern die Schande hielt ihre gelben Augen aus der Entfernung auf dich gerichtet.

«Papa!», rief sie. «Papa!»

Sie trug das blaue Jäckchen mit den roten Paspeln, sie lief mir immer noch hinterher. Drei war sie, fast vier vielleicht. Beim Laufen drehte sich ihr linker Fuß nach innen. Ein Senkfuß war es noch nicht, das sollte er erst noch werden.

«Papa!», rief sie – drei Jahre, schätze ich, vielleicht vier; die Zeit geht so schnell.

«Ich komme gleich», sagte ich laut und deutlich, während ich weiterging.

Der Wind erfasste meine Worte und trug sie zu meiner Kleinen.

«Papa», sagte sie.

«Ja, ich höre dich», sagte ich, ohne mich umzudrehen. «Du brauchst nicht immer wieder dasselbe zu mir zu sagen. Ich habe gesagt, ich komme gleich, und wenn ich sage, ich komme gleich, dann komme ich auch gleich.»

Sie hörte nicht.

Kinder suchen die Gefahr, sie wollen wissen, wie groß der Spielraum ist. Erziehung heißt, Kindern beibringen, mit der Anziehungskraft von Stacheldraht umzugehen. Von sich aus können sie das nicht. Sie klettern überall hinauf und hinein, bis in Höhen, die sie selbst noch nicht beherrschen, überqueren die Straße, ohne Ausschau zu halten, fallen von allem herunter und hören auf nichts, selbst wenn man etwas hundertmal sagt, es hilft nichts, denn sie wollen die Grenzen der Geduld ganz genau kennenlernen.

«Papa», fragte sie, «warum haben die Kühe Schwänze?»

«Was habe ich gerade gesagt?», rief ich. «Was habe ich gerade gesagt?!»

Das Kind drängelte, drückte auf lauter Knöpfe bei mir, machte einfach weiter. Es ist die Angst, die sie treibt. Es ist immer die Angst, die es Menschen schwer macht, rechtzeitig mit etwas aufzuhören. Kinder kennen das Gesetz des Rückzugs nicht. Wissen nicht, wie wichtig es ist, das Moment zu erkennen, an dem etwas verloren ist. Der verlorene Posten zieht sie an wie eine Glühbirne die Motten.

«Warum haben die Kühe Schwänze?»

Ich drehte mich um, ein Ruck – ich betrachtete mein Kind, das Mädchen in der blauen Jacke mit den roten Paspeln, ich stampfte beinahe zu ihr, zwei, drei trampelnde Schritte und ich stand vor ihr. «Weil sie sonst die ganze Zeit mit dem nackten Arschloch im Wind stehen würden!»

Sie sah mich an, erschreckt durch die Lautstärke; so führte ich mich sonst nur im Stall auf. Sie sah mich immer noch mit ihren schönen, großen Augen an, auf denen ein wässriger Glanz aus Verwirrtheit lag. Sie versuchte mich zu verstehen, schaffte es aber nicht. Sie versuchte, mehr zu sehen, als möglich war. Sie schwankte, plötzlich ganz blass. Sie wollte sich auf den Boden setzen, bevor der Boden kam und sie holte, aber dafür war es schon zu spät.

«Ein Scherz», sagte ich zu dem Kind im Gras. Ich half ihr hoch. «Ein Scherz deines Vaters, mach dir nichts draus.»

Dann stand sie auf und lief abermals hinter mir her, halb strauchelnd, das Gesicht noch nicht trocken.

8

«ADA», SAGTE ICH.

Sie lag halb auf dem Bauch, die Bettdecke weit hochgezogen. Von ihrem Gesicht waren zwischen den Haaren vor allem die Nase und das Kinn zu sehen. Sie hatte ein Bein neben sich angewinkelt, außerhalb der Zudecke, in einem Winkel von ungefähr siebzig Grad.

Ich kratzte mich an der Brust.

«Ada», sagte ich. «Ada.»

Aus dem Bett erklang etwas, ein Geräusch eher als etwas Gesprochenes. Sie legte sich etwas anders hin, zog ihr Bein hoch und schob es wieder zurück. Eine Bewegung konnte man es eigentlich nicht nennen. Es war eher ein Wiedererkennen – der Körper hatte kurz zu erkennen gegeben, dass er verstand, angesprochen worden zu sein, das Bewusstsein versank schon wieder im Schlaf.

Ein Lkw fuhr die Straße entlang, danach wurde es wieder still. Das Fenster steht das ganze Jahr auf Kipp, sonst kann ich nichts hören. Durch die Vorhänge fiel Mondlicht auf das Bein.

Ich habe in meinem Leben oft der Straße gelauscht, ein leises Rauschen im Hintergrund. Manchmal denke ich, ich kann sie immer noch hören, oder wieder, als hielte ich eine Muschel an mein Ohr gedrückt.

«Ada», sagte ich, «bist du wach?»

Als ich sie kennenlernte, hatte sie gern gewollt: als sie mich angesprochen hatte und wir zur Sporthalle gegangen waren, zu dem kleinen Platz dahinter, wo sie sich mit hochgerecktem Hintern vor mich stellte und ihn mit beiden Händen für mich auseinanderzog.

«Ich bin hier», sagte ich.

Bauern treten gegen Liegeboxen, meistens plötzlich. Sie wollen den Tieren zwischen die Beine sehen, sonst sehen sie nichts. Können sie nichts sehen.

Ich widerstand der Anfechtung, gegen das Bett zu treten. Man konnte nicht jeder Anfechtung nachgeben. So funktionierte das nicht. Es waren zu viele, man musste eine Auswahl treffen. Manche kamen in Betracht, Handlungen zu werden, die glücklichen Anfechtungen, wenn man das so sagen konnte. Der Rest verschwand, aber wohin?

Wie hießen die anderen Anfechtungen?

Ich setzte ein Knie auf das Bett. «Ada», sagte ich, «komm.»

Ich betrachtete das Bein außerhalb der Zudecke, das bleiche, fleischige Bein, drückte meinen Unterleib dagegen, das Gewebe gab nach, bewegte sich, warm und wiegend.

«Tille», sagte sie. «Tille. Ich schlafe noch. Wie spät ist es? Was machst du da?»

Sie zog ihr Bein zurück unter die Decke. Sie hatte mir kein Bein gegeben, ich hatte mich geirrt. Hier lag ein Missverständnis vor, gut, das konnte immer passieren, aber sie schaute, als hätte ich etwas getan, was sie nicht kannte und auch lieber nicht kennengelernt hätte. Vielleicht wollte sie, dass ich mich schämte, aber das wollte ich nicht.

Ich wich von meiner Frau zurück, stieg aus dem Bett, etwas verächtlich im Nachhinein gesehen. Ich war noch angekleidet.

Ada nahm die Zudecke und zog sie über sich, als wäre sie nicht einfach Ada, meine Frau, die Mutter meiner Kinder, die ich schon oft genug gesehen hatte, in allen möglichen Stellungen und Umständen, sondern jemand anderes, eine Unbekannte, eine Fremde, an der ich unangekündigt etwas Unziemliches vollzogen hatte.

Ich konnte mit allem leben. Ich war imstande, alles zu ertragen, viel mehr noch als notwendig. Aber es gab auch Dinge, die ich nicht aushielt, oder weniger gut. Unruhe zum Beispiel; manchmal musste die Spannung irgendwohin. Und ich ertrug mein Unvorhandensein schlecht, besonders, wenn es erzwungen war. Ada machte mich unvorhanden. So war es. Verstand sie das, konnte sie das verstehen? Als ob ich nicht existierte, als ob meine Wünsche, meine Belange keine Rolle spielten.

Man konnte sie übersehen, wenn man wollte. Man konnte über sie hinwegwalzen.

«Ada», sagte ich. Es klang jetzt weniger fragend. Am Anfang hatte ich meine Sätze noch mit einem Fragezeichen versehen, aber damit hielt ich mich nicht mehr auf. Ich brauchte einen frischen Kopf, einen frischen Blick, damit ich die Dinge ordnen konnte. Jeder braucht so dann und wann einen frischen Blick, aber hier wurde das so nichts.

Ich legte meine Hände auf ihre Schultern und drückte ihren Oberkörper vorsichtig ein wenig nach hinten, aber sie machte nicht mit, sondern drückte dagegen.

«Tille», sagte sie. «Komm.»

Sie sah mich an.

«Komm, leg dich doch einfach neben mich.» Sie klopfte auf die Matratze. «Lass uns einfach schlafen, ja? Das funktioniert so nicht, das ist ...» Einen Moment lang hielt sie den Kopf still und schaute hoch, als suchte sie ihre Gedanken. Dann sagte sie: «Wenn ich ganz ehrlich bin, fühle ich mich heute Abend nicht so gut.»

Ich mag keine Gewalt, ich halte sie nicht gut aus. Das wurde alles schon vor langer Zeit festgestellt. Dazu hatte man in der Mittelschule sogar einen Bericht angefertigt.

Aber ich habe sie doch an der Hand genommen.

Ich fasste sie am Handgelenk, sie trug ein graues Nachthemd.

«Komm», sagte ich und zog sie am Arm. «Suchen

wir halt einfach zusammen nach deinem Animo. Ich werde dir dabei helfen. Denk mal gut nach. Wo hast du dein Animo das letzte Mal gesehen? Sollen wir unten nachschauen? Oder unter dem Bett? Warte», sagte ich und zog sie ans Fenster, «ich lasse dich hinausschauen, vielleicht ist es ja durchs Fenster entwischt und wartet unten im Garten auf dich.»

Sie sah ihr Animo nirgends, wir konnten es nicht finden.

Ich drückte sie zurück ins Bett, aber das war aus Frust.

Friso begann zu weinen, er brüllte aus voller Kehle.

Gleichzeitig, aus dem zweiten Kinderzimmer, rief Suze nach ihrer Mama.

«Was hast du?», fragte Ada. «Warum tust du so was? Was ist los?»

Ich lachte. Sie war immer so ernst, das funktionierte nicht, das war mir zu lahm.

«Was ist?», sagte sie. «Kannst du mir erzählen, was los ist?»

Ich zuckte mit den Schultern. Sie machte immer gleich so ein Theater daraus, eine Vorstellung. Sie machte aus dem Lauf der Dinge etwas, das es nicht war und auch nicht hatte werden wollen. Natürlich, ich spielte das Spiel, als wäre es die Wahrheit. Sonst war es kein Spiel, sondern ein Spielchen. Wenn man nicht ernsthaft spielen wollte, konnte man das auch einfach sagen.

Friso weinte nach wie vor, Suze rief immer lauter nach ihrer Mutter.

«Mama kommt, Kinder!», rief Ada. «Mama ist schon unterwegs!»

Ich ging die Treppe hinunter, durch den Flur, in die Scheune, wo mein Fahrrad stand. Ich riss die Türen auf, die klare Nacht strömte herein. Über die Dorfstraße kam ein Mädchen angeradelt, eine sich entwickelnde junge Frau. Sie kam klappernd daher. Dann wurde es still auf der Straße und es kamen keine Fahrräder mehr vorbei. Ich legte meine Hand auf den Sattel von meinem. Langsam überschlug sich meine Atmung.

9

ICH WEISS NICHT GENAU, WIE LANGE ICH SCHON IN DER KÜCHE GESTANDEN HATTE, ALS DIE POLIZEI IN DIE AUFFAHRT EINBOG. Ab wie viel Uhr genau, obwohl ich meine Wege auf Bitten der Kripo bis zum Überdruss wieder und wieder nachverfolgt habe, zurück in der Zeit, zurück zum frühen Morgen, dem mittleren Teil der Nacht, dem Anfang der Nacht.

Nach dem Melken war ich im Badezimmer gewesen, das wusste ich noch, das weiß ich noch immer, und wenn nötig, hätte ich es auch beweisen können: Ich war gewaschen und trug saubere Kleidung, die helle Hose mit den Seitentaschen, den blauen Pullover, den ich von Ada bekommen hatte. Wenn man Augen vom allerhellsten, allerblassesten Blau hat, sagte sie, Augen, die fast durchsichtig sind und in die das Licht tief eindringt, muss man dunkle Kleidung tragen.

Ich war schmutzig gewesen. Dreckig. Schmutziger denn je. Fast schon gescheucht hatte ich die Kühe, hinein in den Warteraum, hatte den Schaufelstiel klappernd über die Rohre der Boxen gehen lassen.

Kühe sind keine Morgentiere. Sie brauchen Zeit, um in die Hufe zu kommen. Bei Unruhe scheißen sie los, alle gleichzeitig. Überall im Stall weiteten sich die Augen und hoben sich die Schwänze. Und los legten sie, los legten wir. Es spritzte vom Boden zurück bis hinauf an die Wände, gegen die Beine, Bäuche und Euter; die Zitzen bereits offen.

Der Schieber, der an Ketten über den Stallboden gezogen wird, den ganzen Tag – die Tiere sind es gewohnt, sie heben, wenn er vorbeikommt, eins nach dem anderen die Beine an – über den dünnen Kot hinweg.

Unter der Dusche schrubbte ich mich sehr gründlich sauber, besonders gut auch meine Nägel an Fingern und Zehen. Die Weichteile auch, den Mund, die Haare, das Gebiss. Ich rasierte mich nass an Kiefern, Hals und Brust. Nirgendwo an meinem Körper war hinterher noch zu sehen oder zu merken, wie viehisch ich mich im Stall aufgeführt hatte.

Am Küchentresen stehend hatte ich die Familie frühstücken sehen. Durch das Dach des Wintergartens war das Licht hart auf die Gesichter gefallen. Ada füllte einen abgegriffenen Morgenmantel, die Nähte ächzten, die Kinder waren noch im Pyjama.

Ich hatte die gedämpfte Gemütlichkeit gehört, das Klappern von Besteck und Geschirr, das Krachen der Cracker, Suzes knittrige Kinderstimme, als läge die Nacht noch auf ihren Stimmbänderchen. Sie kniete auf ihrem Stuhl, die kleinen Finger fassten alles an: den Käse, die Butter, die Marmelade und den Zwieback. Ein paar Haarsträhnen, hellblond noch vom Sommer, wanden sich wie vom Friseur akzentuiert durch ihren Zopf. Sie lachte lautlos.

Es war still, ein stiller Sonntagmorgen, nirgends irgendein Lärm. Manchmal umklammerte ich die kalte Arbeitsplatte. Manchmal verlagerte ich mein Gewicht von einem Bein aufs andere, von den Fußballen auf die Fersen und wieder zurück, während ich die Luft durch die Zähne saugte.

Die Familie merkte nicht, dass ich mir das Frühstück entgehen ließ. Normalerweise war ich derjenige, der am Sonntagmorgen die Eier kochte. Mir selbst ist das übrigens auch erst später wieder eingefallen. Warum haben sie nichts gesagt? Sahen sie mich nicht? Stand ich überhaupt da? Hatte ich keinen leeren Magen?

Ich hatte gesehen, wie sie nach dem Frühstück nach oben gepoltert und kurz darauf gestriegelt und angezogen vor die Tür gegangen waren – Suze vorneweg, die Ärmchen hoch, und danach Ada zwei Mal; erst mit Friso und danach mit einem Wäschekorb auf der Hüfte.

Suze sah eine Amsel mit Würmern im Schnabel. Jedes Jahr hatten wir dieselben Amseln im Garten. Sie bauten geniale Nester, hoch und tief, mit stabilen Wänden. Jedes Jahr holten Derksens Katzen die Nester aus dem Efeu herunter, jedes Frühjahr hatte man mindestens einen Nestflüchter an den Holzschuhen oder unter der Tür.

Friso würde sitzenbleiben, bis er wieder hochgehoben wurde, auf dem Hintern unter der Wäschespinne, wie hartnäckig Suze auch versuchte, ihn zum Spielen zu verführen. Manchmal war es, als hätte er seine sämtlichen Sinne vorübergehend abgeschaltet. Die Lebenslust sei noch nicht ausgebrochen, das würde schon von selbst kommen, hatten sie gesagt – jedes Kind entwickle sich nun einmal auf seine eigene Weise. Es habe wenig Sinn, zu drängeln oder dabei die Geduld zu verlieren.

Ada nahm Wäsche aus dem Korb, Socken und Hemden, und hängte sie in einem langsamen, aber gleichmäßigen Rhythmus auf, bis sie auf etwas stieß, das ihr nicht gefiel. Eine Unterhose, weiß. Sie betrachtete sie, betrachtete sie nochmals und hielt den Stoff mit ausgestreckten Armen straff gezogen ins Licht. Normalerweise verwendete man am Sonntag den Trockner, aber das Frühjahr hatte Ada ins Freie getrieben, und ich dachte nicht daran.

Ich hatte gesehen, dass sie etwas zu Suze sagte – denk an dein Brüderchen, etwas in der Art –, und konnte sie durch die Scheiben des Wintergartens und des Wohnzimmers zur Haustür gehen sehen. In der Küche wartete ich, bis sie mir meine Unterhose zeigte.

«Weißt du, was das ist?», fragte sie. «Ich bekomme es nicht heraus.»

Kleine Flecken waren darauf zu sehen, rostfarben.

«Äh, nein», sagte ich.

Es war eigenartig, jemandem seine Unterwäsche zu zeigen. Ich schaute auch nicht in ihre Unterhosen, ich zeigte sie ihr auch nicht. Eine Familie ohne Flecken gibt es nicht, aber man spricht nicht darüber. Entweder sind sie nicht erwähnenswert und können das auch bleiben, oder man sieht mit einem Blick, was Sache ist und hat alle Informationen, die man braucht.

Ein Hubschrauber flog über unser Haus – den hatte ich nicht gesehen, er war von hinten gekommen, aus der Stadt, die Hauptstraße entlang bis hier hoch. Wir erschraken; er flog so tief, dass sein Lärm unerwartet das ganze Haus überwältigte.

Ada wartete ab.

Es dauerte länger als gedacht.

«Du hast dich doch nicht verletzt oder so?»

Ich sah Suze springen, zeigen, rufen, da, da!

Aus der Küche, der Tiefe des Hauses, dauerte es etwas, bevor der Hubschrauber in Sicht kam – eine Glaskugel mit einem polizeiblauen Heck und polizeiblauen Türen.

«Ich bekomme es nicht heraus.»

«Ich habe mich nicht verletzt, Ada», sagte ich. «Ich habe mich nicht verletzt. Mach dir deswegen keine Sorgen.»

Der Helikopter kam zurück, als ob er den Anfang unseres Gesprächs aufgefangen hätte und sich jetzt auch den Schluss anhören wollte. Er würde noch öfter wiederkommen.

Ich werde nicht sehen, wie Suze zu ihrer ersten Fahrstunde abgeholt wird, später, wenn sie älter ist – ich bin nicht dabei, ich stehe nicht im Flur – aber ich stelle mir vor, dass ein Fahrlehrer in einem ebenso trägen, fast unvermeidlichen Tempo wie die Polizisten in die Auffahrt einbiegen wird.

Ruhig, im Schritttempo, bis vor die Haustür.

Der Motor geht aus, das Licht, die Sicherheitsgurte werden gelöst, die Türen geöffnet – alle Handlungen werden eine nach der anderen erledigt.

Auf dem Regionalsender waren die Infos des Kabelfernsehens über den Bildschirm geflimmert. Ada hatte den Fernseher eingeschaltet, Kekse in Form kleiner Osterküken auf den Tisch gestellt. Sie hatte gesagt: «Wusstest du übrigens, dass der Osterhase viel älter als Jesus ist?»

Die Nachricht fiel vom Bildschirm ins Wohnzimmer.

Sie trat ein paar Schritte zurück, bis ihre Waden die Couch berührten, drehte sich um und stellte sich hinter der Couch wieder vor den Bildschirm.

«Das ist», sagte sie, wollte sie sagen, aber sie schüttelte den Kopf und ging schweigend zum Wintergarten, wo sie Platz nahm, die Ellbogen auf dem Tisch, das Gesicht in den Händen.

Es dauerte etwas, bevor sie hochschrak und wieder um sich schaute. Friso saß auf der Treppe, Suze stand hinter ihr, ein Händchen lag auf ihrer Schulter. Weiter gab es für kurze Zeit keine Bewegung im Haus.

«Ins Bad!», rief Ada dann.

Sie fegte die Kinder vor sich die Treppe hinauf.

An der Haustür schellte es. Zweimal kurz nacheinander, was ein Fahrlehrer wahrscheinlich nicht tun würde. Der steigt aus, zieht erst mal in Ruhe seine Hose hoch, grinst durch die spiegelnden Fenster, ohne etwas sehen zu können, läutet vorsichtig und nimmt schon mal auf dem Beifahrersitz Platz.

Es kann sein, dass ich in dem Moment nichts dachte, oder wenig. Ich hatte schon hochgradig Angst, hochgradiger ging nicht, noch hochgradiger wäre nicht gegangen.

Das war's also, das war mein Leben als Vater.

Das war Suzes Leben mit einem Vater.

Ich hatte mir eine Verhaftung anders vorgestellt. Schneller, mit mehr Polizisten, die von mehreren Seiten zugleich auf mich zukamen. Oder jedenfalls vorab die Fluchtwege abgeschnitten hatten – durch die Küchentür hätte ich noch in die Scheune gekonnt, wenn ich gewollt hätte, nach draußen.

«Ich gehe schon!», rief Ada, während sie die Treppe herunterrannte.

Sie stieß einen Schrei aus, als sie zwei Polizisten sah.

Das ist es, dachte ich, und mir wurde auf einmal klar, dass ich mich nicht widersetzen würde; einhergehend mit einem Schock, als ob es eine Überraschung für mich wäre.

Die Flurtür öffnete sich. Offenbar hatte sie jemand erst zugemacht. Danach kam Ada herein, die Hand noch an der Klinke, hinter sich zwei lange Gesichter mit Mützen.

«Sie kommen wegen dem Mädchen», sagte Ada.

«Nur ganz kurz, wenn es Ihnen nichts ausmacht», sagte einer der langen Köpfe hinter ihr. Ich konnte seine Augen zuerst nicht sehen. «Wir haben Sie doch nicht erschreckt?»

Ich war nicht erleichtert. Mir fiel keine Last von den Schultern.

Na ja, für einen Moment schon, als das Wort «Ermittlung in der Umgebung» einmal gefallen und von einem «Radius um den Tatort» die Rede war, ja, da war mir schon ein Stein vom Herzen gefallen, aber nur für einen kurzen, federleichten Moment.

«Sie stehen da so», sagte Ada. «Bitte, nehmen Sie doch Platz.»

Sie stellte sich in die Küche und dirigierte die Polizisten zum Wintergarten.

«Bitte», sagte sie, «bitte setzen Sie sich doch, nehmen Sie Platz. Ich koche uns einen Kaffee», sagte sie. «Sie sind bestimmt schon den ganzen Tag unterwegs.»

«Bemühen Sie sich nicht», sagte einer der Polizisten, der ältere, und rieb sich über den Bauch. «Überall wo wir hinkommen, sind die Leute einfach zu nett. Wir kommen überall hin, die Leute sind einfach zu nett.»

«Wasser?», fragte Ada. «Cola? Saft haben wir auch. Ich koche auch gern eine Kanne Tee, wenn Ihnen danach ist, das ist wirklich keinerlei Mühe. Milch?»

«Das ist sehr freundlich», sagte ein Beamter. «Aber nein, wirklich nicht, danke.»

Die Männer legten fast gleichzeitig ihre Mützen auf den Tisch.

«So», sagte der eine, sich umschauend. «So viel Licht.»

«Ja», sagte der andere mit gestrecktem Hals. «Sie sind die letzten hier in der Reihe, nicht? Da können sie schön gucken so, man hat hier eine schöne Aussicht.»

Er wies Ada einen Stuhl an. «Falls es Ihnen nichts ausmacht.»

Ada setzte sich.

Danach blickte sie hoch, zu mir.

Ein Tankwagen kam vorbeigedonnert. Oben ging die Toilettenspülung.

«Ja», sagte ich, «nein, ich stehe lieber.»

Der Ältere schlug ein Notizheft auf. «Wir schauen heute Abend bei allen Leuten vorbei, um zu fragen, ob jemand vielleicht etwas gesehen oder gehört hat.» Er räusperte sich. «Sie wissen, worum es geht?»

«Ja», sagte Ada, «ja, natürlich. Unser Fernseher» – sie zeigte darauf – «läuft schon den ganzen Nachmittag. Es ist einfach ... So ein junges Mädchen, ganz allein auf der Wiese ... Wenn man nur an die Eltern denkt ... wenn man nur daran denkt, wie die Leute jetzt dasitzen müssen ...»

«Kannten Sie das Opfer?»

«Nein», sagte Ada. «Aber ich wohne auch noch nicht so ...» Sie drehte sich um. «Du, Tille? Du auch nicht, oder? Du hattest doch auch noch nie von dem Mädchen gehört?»

«Nein», sagte ich. «Nein. Ich kenne die Familie nicht.»

«Hier, das können Sie sich einmal anschauen», sagte der Ältere und schob ein Foto über den Tisch. «Sie hat manchmal in dem Friseursalon beim Supermarkt ausgeholfen, meistens am Samstag und an verkaufsoffenen Abenden.»

«Ich glaube nicht», sagte Ada. «Nein, das Mädchen kommt mir nicht bekannt vor.» Sie befühlte ihr Haar. «Nein, ich glaube nicht, dass ich sie früher schon mal gesehen habe.»

Der Beamte beugte sich vor. «Ist Ihnen in letzter Zeit vielleicht etwas aufgefallen? Gestern, gestern Abend, heute Nacht, heute früh? Haben Sie etwas gesehen oder bemerkt, das anders war? Es darf alles Mögliche sein. Auch Dinge, die auf den ersten Blick vielleicht ganz unwichtig erscheinen.»

«Nein», sagte ich. «Nein, aber ich habe auch nicht so aufgepasst.»

«Ich sehe, Sie haben ein Auto», sagte er. «Wann haben Sie das zum letzten Mal benutzt?»

«Wir benutzen das Ding fast nie», sagte Ada. «Es steht einfach nur da. Ich sage mitunter ...»

«Dann sind wir schon mal weiter, dann sind wir fast

fertig, dann haben wir nur noch ein paar Kleinigkeiten. Zur Sicherheit, damit wir nachher alles schön komplett haben.»

Von oben tönte es: «Mama? Mama? Was macht ihr, wer ist da?»

«Nichts, Liebes!», rief Ada. «Niemand! Mama kommt gleich, Mama braucht nur noch einen kleinen Augenblick!»

Zu den Polizisten: «Entschuldigung, bitte fahren Sie fort.»

Der Ältere schaute Ada an: «Wo waren Sie gestern Abend? Sagen wir, zwischen elf und drei Uhr heute Nacht?»

«Was?», sagte sie. «Wer, ich?» Sie musste fast lachen. «Ich lag im Bett», sagte sie. «Ich lag ganz normal wie sonst im Bett. Wir sind immer sehr früh dran. Ich bin so gegen zehn Uhr schlafen gegangen, denke ich, und mit den Kindern wieder aufgestanden – halb sieben in etwa.»

«Mama!», klang es wieder. «Was macht ihr da unten?»

«Bitte entschuldigen Sie», sagte Ada. «Dürfte ich mal?»

Die Polizisten schauten auf ihre Jeans, als sie das Zimmer verließ; die Hose war gefüllt, aber der Stoff nachgiebig.

«Es kommt Ihnen vielleicht merkwürdig vor», sagte der ältere Beamte, «aber wir sind nun mal verpflichtet, alles immer doppelt zu kontrollieren. Ihre Frau sagte, sie sei um zehn Uhr zu Bett gegangen – stimmt das? Erinnern Sie sich auch daran?»

«Ich weiß es nicht», sagte ich. «Ich weiß es beim besten Willen nicht mehr.»

«Sie wissen aber noch, was Sie selbst gestern Nacht zwischen elf und drei gemacht haben?»

Ich wollte mit den Schultern zucken. «Ich lag auch im Bett», sagte ich, «ich habe auch geschlafen.»

«Wie spät sind Sie ins Bett gegangen? Können Sie sich daran noch erinnern? Beispielsweise, dass Sie gerade den Fernseher ausgeschaltet haben, nachdem eine bestimmte Sendung zu Ende war, oder dass Sie vor dem Schlafengehen noch auf Ihr Telefon geschaut haben?»

«Entschuldigung, nehmen Sie es mir nicht übel.» Ada war plötzlich wieder da. «Es ist manchmal, als könnten Kinder schlicht fühlen, dass etwas ist.» Sie keuchte. «Kann ich Ihnen wirklich nichts anbieten?»

«Vielen Dank, aber wir müssen noch weiter.» Er unterstrich eine Notiz. «Ihr Mann lag gestern zwischen elf und drei im Bett», sagte er. «Stimmt das? Darf ich das fragen? Ist es auch das, woran Sie sich erinnern?»

Ich spürte ihren Blick, ich spürte, wie sich dessen Temperatur veränderte.

«Also», sagte sie, «ich schlafe immer ganz fest, ich bin eine ganz feste Schläferin, aber» – sie wandte sich zu dem Älteren – «ich weiß, wenn mein Mann neben mir liegt.»

«Dann sind wir durch, denke ich», sagte er. «Danke

für Ihre Zeit. Manchmal meint man ja: Warum wollen die das alles wissen, warum müssen sie Menschen mit solchen Fragen belästigen.» Er lächelte. «Aber später, nachdem wir alles einmal nebeneinandergelegt haben, da zeigt sich dann oft, dass wir doch wieder etwas in Erfahrung bringen konnten.»

Er schob seinen Stuhl zurück. «Nur noch eine Sache, eine Kleinigkeit. Sie tragen jetzt diese Kleidung. Dürfen wir annehmen, dass Sie die gestern auch anhatten?»

«Es ist Sonntag», sagte sie fast erschrocken. «Sonntags tragen wir keine Werktagskleidung. Ich habe die Wäsche» – sie zeigte nach draußen – «gerade hereingeholt.»

10

AN BORD DES HUBSCHRAUBERS BEFAND SICH EINE APPARATUR: EINE INFRAROTKAMERA, MIT DER WÄRME AUF DEM BODEN AUFGESPÜRT WERDEN KANN, AUCH DIE WÄRME VON KÖRPERN, DIE EINE NACHT LANG IM GRAS GELEGEN HABEN. Aber nicht der Hubschrauber hat das Mädchen gefunden, der Vater war es gewesen, der Vater hat den Kampf mit der Technik zu seinen Gunsten entschieden.

Warum werden Töchter immer von ihren Vätern gefunden?

Die Polizei kommt zum Einsatz, die Feuerwehr, Hunde. Am Himmel sucht sogar eine Infrarotkamera mit. Ganze Trupps von Freiwilligen gehen Schulter an Schulter durch die Felder, systematisch wird die Umgebung durchkämmt.

Trotzdem ist es immer der Vater, der sie findet.

Ich bin ein Vater, das vorausgeschickt.

Väter geben nicht auf. Väter geben alles für ihre Töchter, ihr Leben, sich selbst. Für ihre Töchter sind Väter zu allem bereit, wenn nötig zum Äußersten.

Aber sie besitzen noch etwas anderes. Etwas, das

andere nicht haben, oder weniger. Manchmal jedenfalls scheint es, als könnten Väter sehen, wo ihre Töchter gegangen sind, als würden überall auf dem Gelände speziell für sie kleine Schritte aufleuchten, sodass sie der Spur zu der Scheune folgen können und sagen: «Nicht unter den Traktor, Schatz. Nicht bei den Rädern. Am Ende fahre ich rückwärts und habe dich nicht gesehen.»

Intuitiv verfügen Väter über so viel Täterinformationen, dass es eigenartig ist oder zumindest bemerkenswert, dass so viele Väter, die ihre Töchter wiedergefunden haben, der Verdächtigung durch die Polizei entgangen sind.

Sie lag in der kleinen Wiese hinter der Auffahrt zur Hauptstraße, an einem Saum aus Bäumen und Gebüsch, vornüber im Gras. Neben dem Radweg steht inzwischen ein Pfahl mit einem goldfarbenen Schild, in das ihr Name eingraviert ist, dazu ihr Geburts- und Sterbedatum.

Der Vater war mit angezogenen Knien durch das aufgeschossene Grün nach hinten gestapft und dann plötzlich stehengeblieben.

Er schaute sie an, er sah, dass sie es schwer gehabt hatte.

Langsam ließ er sich zu Boden sinken, setzte sich neben sie. Er streichelte ihr Gesicht, nahm ihre Hand. «Liebling», sagte er, «wie kalt du bist.»

II
SOMMER

1

«UN-NIEDERLÄNDISCH», SAGTE ADA LEISE, FAST FLÜSTERND. Durch die dünne Schicht an Würde auf ihrem Gesicht, am Morgen im Badezimmer sorgfältig mit einem Make-up-Pinsel aufgetragen, brach eine wohlige Art von Bestürzung. Sie legte eine Hand auf die Brust, die Finger spreizten sich auf ihrer Jacke, und beugte den Kopf zu mir. «Hast du das gewusst?»

Ich hatte gedacht, dass Ada sich eine Zukunft mit mir aufbauen wollte, indem sie mich heiratete und mit mir Kinder bekam. Ich denke noch immer, sie wollte sich eine Zukunft mit mir aufbauen, aber auf dem Weg dorthin hat sie damit auch eine Vergangenheit für sich angesammelt.

Wir waren sechs Jahre zusammen, als das Unglück geschah, etwas länger vielleicht. Das hing davon ab, wo man zu zählen begann. Sechs Jahre. Nachdem sie ein Haus und eine Vergangenheit hatte, begann sie, nach draußen zu blicken. Als sich die Welt nach dem Unglück auf immer für mich verschloss, öffnete sie sich für sie ein wenig – man konnte fast die Scharniere hören.

Sie schaute kurz um sich und machte dann, die Luft war rein, zweimal kurz hintereinander eine schnelle Schneidebewegung entlang ihres Halses. Sie sah mich an, als würde sie mir jetzt etwas erzählen, was eigentlich nicht gesagt werden durfte, noch nicht, nicht hier. «Hast du das gewusst?»

Der Platz war schwarz von Menschen, keine bedrückte graue Seele passte noch dazu, dennoch führten die Zufahrtsstraßen endlos neue Menschenströme herbei. Alle trugen dunkle Kleidung, die Gesichter schienen alle die gleichen Gedanken und Gefühle auszudrücken.

Ich kannte niemanden, auch den Vater des Mädchens nicht, obwohl wir immer im selben Dorf gewohnt hatten. Er war eine halbe Generation älter als ich, aber der Hauptgrund war das Neubauviertel, der Zuzug aus der Stadt. Es war so viel Neubau hinzugekommen, dass man die ursprüngliche Bebauung und die ursprünglichen Einwohner schon mit der Lupe suchen musste.

Das Ganze sah aus wie in wenigen Monaten hingestellt – die Häuser, die Straßen und Viertel, die Geschäfte, der Platz, die Hauptstraße; ich war gerade in die weiterführende Schule gekommen. Als hätte man ein Dorf an unser Dorf gebaut, oder eigentlich zur Hälfte über es hinweg. Plötzlich stand man samstagmorgens auf einem Einkaufsplatz mit hellem Steinpflaster bei einer Fischbude, aus der eine Fischgaststätte geworden war, und kannte niemanden mehr.

Auf dem Rückweg von meinen Eltern durchfuhr ich es manchmal; im Schritttempo, wegen der Straßenschwellen. Das Viertel bestand aus langen, geraden Straßen, breiten Gehwegen, niedrigen Zäunen, Vorgärten. In jeder Straße sahen die Häuser ein klein wenig anders aus: mit hölzernen Carports, Doppelhäusern in Reihe oder Steinen in einem etwas helleren Gelb.

In den neuen Häusern wohnten viele gleichartige Familien – Vater, Mutter, zwei Kinder. Das konnte man sehen, man konnte alles sehen, die neuen Häuser waren gläsern. Die Vorder- und Rückseiten bestanden größtenteils aus Fenstern. Von der Straße aus konnte man durch die durchsichtigen Häuser sehen, was hinten im Garten an der Wäscheleine hing.

Frühmorgens sahen wir sie in die Stadt fahren, eine lange Kolonne langsam vorwärtskommender Männer in dunkelblauen Kombiwagen. Nach fünf kehrten sie im gleichen Tempo zurück und verteilten sich wieder auf dieselben Straßen, Wohnzimmer und Familien.

Abends, in der Dunkelheit, gingen die Lichter an und die Vorhänge blieben offen. Die Wohnzimmer verwandelten sich in Präsentationsräume mit grell erleuchteten Schaufenstern, in denen das Familienleben vor den Fernsehern detailliert zur Schau gestellt wurde.

Vielleicht fanden sie es nicht schlimm, auf dem Präsentierteller zu leben. Vielleicht gab es wenig Scham zwischen Menschen, die sich ähnelten, oder sie waren es einfach nicht anders gewohnt. Wenn man nur lange genug in einem Schaufenster wohnte, wurde das von selbst der Normalzustand, und erschrecken würde man erst, müsste man abends plötzlich mit herabgelassenen Rollläden vor den Fenstern zurechtkommen.

Sie standen vor einem in der Schlange im Supermarkt. Oder auf dem Platz bei der Schule. Rugbyshirts, rote Wangen, immer mit viel Kram dabei. Sie redeten mittels ihrer Kinder mit dem Personal hinter der Kasse. Und sie beäugten einen, wir sahen es, wir kannten die Blicke, jedes Mal, wenn man auf dem Traktor saß und etwas von ihrer Geduld einfordern musste, ein Band aus hupenden Kombis hinter sich. Wenn sie sich halb aus einem Auto voll Fußballjungen oder Hockeymädchen lehnten und «He!» riefen – «He! Muss das jetzt auch schon am Wochenende sein?»

Die Frauen, unangekündigt auf der Auffahrt, noch außer Atem, ihr Tourenrad auf dem Ständer, bei sich eine kleine Schar von Kindern. Haarband, Bodywarmer. Sie betrachteten einen, als wäre man eine lebende Erinnerung an alte, erdverbundene Zeiten. Mit einem fast romantischen Blick. Als wären sie dabei, sich eine rustikale Küche für ihr neues Haus auszusuchen.

«In der Stadt gibt es mehrere Kinderbauernhöfe für Sie.»

Mein Vater. Den Bauch vorgestreckt.

Ich auch, genau so.

Der Bauernhof ist keine Keksfabrik – man kann hier nicht riechen, was produziert wird. Man riecht die Tiere, die Ställe, den Mist, die großen Haufen mit Silage, die an der Grenze zur Fäulnis unter der dunklen Folie nach Atem ringt. Den Betrieb umgibt permanent eine große, unsichtbare Kuppel aus saurer Luft, die sich im Wind mitbewegt. Nichtsdestotrotz konnte man die Frauen, kaum dass sie wieder auf dem Rad saßen, den Kindern zurufen hören: «Leutchen, es gibt nichts Gesünderes als das Leben auf dem Bauernhof! Jeden Tag in der frischen Luft!»

Oft schauten sie mit einem letzten Blick nochmal kurz über die Schulter zurück. Ich kannte diese Blicke, ich wusste, was sie bedeuten sollten. Wir hatten neue Nachbarn bekommen, ein ganzes Viertel voll, aber es waren so viele, dass es schien, als wären wir die neuen Nachbarn. Als müssten wir uns ihnen gegenüber rechtfertigen, dass es uns hier noch gab. Als hätten sie ein Haus gekauft und die alten Mieter wären noch da.

Erst später, nachdem alle die These von dem «unniederländischen Mord» längst für sich angenommen und dermaßen verinnerlicht hatten, dass alle anderen Szenarien unerörtert bleiben sollten, habe ich darüber nachgedacht, was mit dem Begriff gemeint sein könnte.

Es ging ihnen um die Methode. Die Art und Weise, wie. Davon konnten sie sich keine Vorstellung machen.

Wollten sie sich keine Vorstellung machen. Es war zu schlimm, zu erschütternd. Nur wenn diese Vorstellung auf Distanz gebracht wurde, eine Distanz weit jenseits der Landesgrenzen, ertrugen sie es, einen ganz kurzen Blick darauf zu werfen.

Die meisten Morde werden im eigenen Haus und dessen direktem Umfeld verübt, der eigenen Umgebung, obwohl die meisten Leute es nicht auf die Menschen im häuslichen Umfeld abgesehen haben. Im Gegenteil; die wollen sie gerade beschützen. Notfalls unter Einsatz des eigenen Lebens. Weil sie noch so klein sind, so völlig von ihnen abhängig.

Manchmal ist ein Mord kein Mord, sondern ein Unglück.

Manchmal ist ein Unglück die Folge unglücklicher Umstände.

Manchmal hat jemand im Balanceakt der menschlichen Eigenschaften einen Bremsweg falsch eingeschätzt.

In die Menge kam Bewegung, als der Vater die Bühne betrat und zum Mikrofon ging, ein gebeugter Mann in seinem guten Anzug. Er legte eine Hand auf das Mikrofon und hob den Kopf, den Blick zu den Menschen; ein eckiges, breites, fast quadratisches Gesicht.

«Roos», sagte er, «war ein junges Mädel. Ein normales, junges, spontanes Mädel, wie es so viele bei uns gibt. Sie ging zur Schule. Sie hatte einen Nebenjob. Sie hatte unheimlich viele Freundinnen. Sie war unser kleines, liebes Mädchen.» Er wischte sich mit einem Taschentuch aus seiner Hose den Mund ab. Auf einer Staffelei schräg vor ihm stand ein großes Foto, ein Schulporträt, schien es, ansehnlich vergrößert. Als der Fotograf den Auslöser drückte, war sie gerade in Lachen ausgebrochen. Der Kopf neigte sich nach hinten, der Mund öffnete sich, die Mundhöhle wurde sichtbar, zwei makellose Zahnreihen.

«Sie war immer mit irgendwas beschäftigt», sagte er, nachdem er sein Taschentuch wieder weggesteckt hatte. «Sie war wirklich die Sonne im Haus. Eine Stütze für jeden, Ehrenwort; einfach schon, weil es sie gab. Oma sagte oft – sie lebt leider nicht mehr –, ohne unsere Roos würde es mich längst nicht mehr geben.»

Er machte eine kurze Pause.

«Rosalinde», sagte er dann auf einmal mit einem Anflug von Stolz, «war eine junge Blume, so schön, so sanft, so lieb – sie roch auch immer nach Blumen. Aber unsere Blume hat nicht blühen dürfen. Es hat nicht sein dürfen. Rosalinde ... wurde als Knospe gebrochen.»

Seine Hand rutschte von dem Mikrofonständer.

Ein Piepsen heulte über den Platz.

Eine Zeit lang lauschten wir seiner Atmung. Und den Tauben, die aus der relativen Stille aufflatterten wie bei der jährlichen Totenehrung im Fernsehen.

«Ich habe sie an diesem Morgen gefunden», sagte er. «Ich habe neben ihr im Gras gekauert, ich habe ihre Hände in den meinen gehalten.»

(…)

«Und dann musste ich mich hinlegen.»

Das Kinn sank ihm auf die Brust, aber dann atmete er schneller, höher, als ob Mut zusammengenommen werden musste, um sich mit einer plötzlichen, ruckhaften Bewegung wiederaufzurichten. «Wenn ich ihn in die Finger kriege», rief er, «dann gehört er mir!»

Aus der Menge erhob sich ein Johlen.

Ein Jubel.

Applaus.

Der Bürgermeister, herbeigeeilt, um den Vater von der Bühne zu begleiten, kam zum Mikrofon zurück und rief: «Was fällt euch ein?»

Er schaute zu der Menge auf dem Platz und den Wohnungen über den Geschäften, die Balkone voller Leute, manche hatten ihre Gartenstühle auf die Vordächer gestellt. Köpfe hoben sich, Gesichter schienen sich zu erhellen. Die Masse klumpte zusammen. Auch Ada stellte sich näher zu mir.

Der Bürgermeister rief: «Was fällt euch ein? Was in aller Welt fällt euch ein!»

Ein neuer Applaus stieg auf, erst laut und später leiser, als schämte sich der Applaus für seinen Enthusiasmus und als hätte er im Nachhinein betrachtet mehr Demut ausdrücken wollen. Auf ein Zeichen hin stiegen überall auf dem Platz und in den umliegenden Straßen weiße Luftballons höher und höher in den Himmel.

«Daaa!», rief Suze.

Aber wir schauten schon. Die Luftballons schienen sich über dem Supermarkt zu sammeln, um von dort aus zusammen davonzutreiben.

«Da!»

«Ja, schön, nicht, Liebes?», sagte Ada und legte ihre Hand auf Suzes Kopf. «Jetzt aber noch ein bisschen leise sein, ja? Sei bitte noch ein klitzekleines Weilchen ein ruhiges Kind.»

Die Zusammenkunft war beendet, die Sprecher waren nach Hause gebracht, die Luftballons verschwunden. Wir konnten weg, wieder nach Hause. Manche Leute gingen auch, aber die Masse kam nicht in Bewegung. Geteilter Schmerz war kein halber Schmerz, sondern eine Art grimmiges Glück. Die Fahnen im Dorf hingen auf halbmast, versehen mit stolz wehenden Trauerbändern. Das Volk war ein Leib, es wollte essen, es hatte schon eine Weile nichts Anständiges mehr vorgesetzt bekommen.

«Wollen wir?», sagte ich und deutete nickend auf eine Seitenstraße.

Aber wir konnten nicht weg, wir konnten nirgendwohin, die Menschen wollten nicht weg, sie blieben stehen. Mord schuf eine Gemeinschaft. Der schnellste Weg, aus einer Ansammlung einzelner Individuen eine Einheit zu schmieden, war die, einen aus ihr auszusondern.

12

ICH RAUCHTE EINE ZIGARETTE VOR DEM HAUS UND DACHTE AN DIE LANDSCHAFTEN MEINER KINDHEIT. Sie waren immer grün gewesen, alles hatte immer in voller Blüte gestanden. In meiner Kindheit war auch immer Sommer gewesen, immer grün, die Sommer waren noch nicht so feucht und drückend schwül.

Ich dachte, dass die Kindheit viel länger dauerte als das Erwachsenenleben, dass das Erwachsenenleben dem Leben der Kindheit in nichts mehr glich. Die Zeiten nicht, und nicht der Verlauf. Die Menschen sprachen anders, wenn die Kindheit verschwunden war. Selbst das Land glich nicht mehr dem meiner Kindheit, die so lange gedauert hatte und so schnell vergangen war.

Ich hörte eine Stimme, ganz leise. So leise hatte ich noch nie jemanden reden hören. Ich dachte weiter an die Kindheit, die Quelle von fast allem. Wenn man etwas im Heute verändern wollte, musste man dort anfangen. Erst das Fundament, die Dachziegel waren etwas für später.

Alle waren noch jung in meiner Kindheit.

Die Luft war voll von Zukunft gewesen.

Selbst Mutter war noch schön in dieser Zeit. Das heißt, schön ... Sie war jung gewesen. Relativ jung. Man konnte sozusagen noch sehen, dass sie ein Mädchen gewesen war, alle Formen waren noch intakt.

Sie war so weit weg, die Kindheit, so weit entfernt, man musste so viele Jahre überwinden, um zu seiner Kindheit zurückzufinden, in der die Schule praktisch eine Abwesenheit gewesen war, wo mehr abwesend gewesen war, ich selbst manchmal auch, ich war keine Ausnahme in einer Kindheit, die aus Abwesenheit bestanden hatte. Eine Dachbodenkindheit. Eine Treppenkindheit. Eine Kindheit unter dem Tisch, bei den Röcken derer, die einst einem Mädchen ähnlich gewesen war.

Der Sommer war wüchsig, der Mais überragte einen Menschen schnell. Der Herbst verblätterte grau das Jahr. Der Monat Oktober knackte die Regenrekorde – bis November verging kein Tag ohne. Wind und Regen – bei einem Wintergarten hörte man alles. Jeden kleinen Zweig, jede Eichel holte man sich damit ins Haus.

Es war dunkel, als ich aufstand, als ich die Kühe molk, die Geschäfte aufmachten, die Schule begann, es war immer noch dunkel, als ich nach dem Melken am Küchentisch meinen Kaffee trank, mein Brot mit Butter aß.

Das Frühjahr kam, schon wieder das Frühjahr, die Erde trocknete, jedes Mal aufs Neue kam die Farbe wieder in die Landschaft zurück, das Gelb und das

Grau, die gleichen frühen Frühjahrsfarben, die ihre Augen durchädert hatten.

Das Gras begann zu wachsen, immer begann das Gras wieder zu wachsen. Ich wartete mit dem Mähen, ich begann von Jahr zu Jahr später damit. Die Reh- und Hirschmütter versteckten ihre Kälber im hohen Gras, bevor sie sich auf Nahrungssuche begaben. Man wusste, was man tat, wenn man weiter früh mähte, man sah, was dabei herauskam. Man musste auch den Kiebitzen eine Chance geben.

Die Zeit verstrich.

Ostern ging vorbei, die Kinder wollten jedes Jahr die Osterfeuer sehen, die Auferstehung lichterloh, das halbe Dorf auf den Beinen. Der Mais war dran, der Mais keimte wieder. Die Gülle durfte nicht mehr über das Land ausgebracht werden, wir trieben sie durch Schläuche mit Spritzköpfen bis zu den Wurzeln der Pflanze, wie eine Betäubung beim Zahnarzt.

Der zweite Winter nach dem Unglück mit Rosalinde war lang, still und dunkel gewesen. Der Himmel gefüllt mit feinem, winterlichem Niederschlag, dazu ein kalter, rauer Wind. Das Glas klapperte in den Fensterrahmen. Die Kinder malten still über den Tisch gebeugt, auf ihren Stühlen kniend. Ada las die Zeitungen, als täte sie es unfreiwillig.

«Erst verhaften sie einen Junggesellen», sagte sie. «Einfach so. Diesen Alkoholiker, du weißt schon, der überhaupt nichts damit zu tun hatte.»

Die Dämmerung hing schon im Haus, aber die Töpfe waren noch nicht angerührt und die Einkäufe standen noch unausgepackt auf dem Küchentresen.

Wir hatten die Einkäufe immer auf einmal für die ganze Woche ins Haus geholt, früher schon, aber gegenwärtig radelte Ada jeden Tag kurz ins Zentrum. Auch zweimal, wenn es sein musste. Wenn sie die Kinder zur Schule brachte und wenn sie sie wieder abholte. Jeder Einkauf bot eine Gelegenheit, sich an den Gesprächen im Dorf zu beteiligen, mit den Geschäftsleuten die letzten Neuigkeiten durchzusprechen.

Ich roch an meinen Fingern, ein Reflex. Seife, Desinfektionsseife. «Nein», sagte ich, «ein Alkoholiker, das sagt mir so auf Anhieb nichts.»

Sie raffte ihre Zeitungen zusammen. Es waren viele. Früher hatten wir fast nie Zeitungen im Haus, aber jetzt hatten wir ein Abonnement. Ans Derksen auch, die hatte eine überregionale Zeitung abonniert, sodass wir nach einem halben Tag tauschen konnten.

Ada drehte sich auf ihrem Stuhl zu mir.

Man konnte noch nicht so recht erkennen, was Friso malte, aber vor einiger Zeit war es ihm noch schwergefallen, überhaupt einen Stift in der Hand zu halten. Erst im Nachhinein sieht man, wie schnell der Fortschritt eigentlich ist, zu Zeiten des Fortschritts musste man geduldig sein.

Sie seufzte. «Du weißt», sagte sie, «dass sie gedingst wurde. Das weißt du doch?»

Ich nickte halb, sie brauchte keinen Ansporn.

Zur Sicherheit blickte sie noch kurz über die Schulter, aber die Kinder hörten nicht, was Mama sagte, sie malten, sie machten etwas Schönes – Suze mit der Zungenspitze zwischen den offenen Lippen, dem Hals und dem Gesicht eines Mädchens mit langen Haaren.

«Gefesselt gewesen», sagte ich.

«Ja», sagte sie. «Und jetzt richten sie einen Aufruf an Leute, die in der Vergangenheit ebenfalls gefesselt gewesen waren, als so etwas geschah, sich bei der Polizei zu melden, weil es dann vielleicht derselbe Täter wie bei Rosa gewesen sein könnte. Das ist doch dumm, dann tut man doch einfach irgendwas, dann weiß man doch nicht, was man tut?»

Sie erhob sich vom Tisch; es sah aus, als würde sie endlich mit dem Essen anfangen.

«Auch dieses Grab haben sie ganz umsonst geöffnet», sagte sie. «Das von dem Mann, der auch so etwas getan hatte, wegen seiner DNA. Aber da hätten sie auch die von seiner Mutter erbitten können, die lebt schließlich noch. Sie hätten bloß bei ihr klingeln brauchen.»

Ich ging nach draußen, rauchte eine Zigarette. Ich war ein periodischer Raucher, immer schon gewesen, ganz von Anfang an. Das Leben eines Sohnes, Milchkannen durfte er erst mit sechs polieren, auf den Traktor erst mit zwölf und rauchen erst ab achtzehn. Er war sich immer größer vorgekommen.

Manchmal rauchte ich ein halbes Jahr nicht und konnte mir nicht mehr vorstellen, jemals wieder Rauch einzuatmen. Man war fitter, wenn man nicht rauchte. Gesünder. Klarer. Auf dem Feld nahm ich Gerüche wahr, deren Existenz ich zwischendurch immer wieder vergessen hatte.

Dann wieder rauchte ich eine Zeit wie eine Maschine. Manchmal war mir vom Sauerstoffmangel schwindelig, aber ich rauchte, ich rauchte weiter, ich rauchte wegen der Nervosität, die man vom Leben bekommt. Manchmal ist man nervöser, dann raucht man mehr. Andere Male fühlt man sich wohler in seiner Haut.

Jedes Mal, wenn ich neu anfing, waren die Zigaretten wieder teurer geworden. Die Regierung wollte, dass wir mit dem Rauchen aufhörten, darum hatten sie die Preise erhöht, aber von Sucht hatten sie keine Ahnung. Das Mittel war nicht wichtig, es ging um die Betäubung. Man verteuerte auch keine Pflaster, wenn man die Blutung stillen wollte.

Das Leben war für fast niemanden einfach, aber am nervösesten machte einen der Geldmangel, woraufhin man wieder mehr rauchte. Wurden Zigaretten teurer, machte einen das noch nervöser, sodass man noch mehr rauchte, noch ärmer wurde, noch nervöser und noch süchtiger, und am Ende ist es aus mit einem.

Es dauert etwas, bevor man sieht, was man da treibt. Dass man ein Raucher ist. Wenn man es einmal sieht, dann betrachtet man sich selbst. Man zieht seinen Verstand hinzu, seine Argumente und seine Willenskraft, man redet mit sich, redet sich zu, alles, aber die Sucht hört nicht, die Sucht hat keine Ohren.

Noch länger dauert es, bevor die Kinder sehen, was man treibt. Es wurden keine schlafenden Hunde geweckt, auf die Idee war auch niemand gekommen, sie lernten selbst in der Schule, wie schlecht das Rauchen war, wie krank man davon werden konnte.

Sie war so ungefähr sechs, noch im Kindergarten oder schon eingeschult. Sie bekam in dieser Zeit gerade einen Popo, als wären ihre weichen Milchbrötchen wie Kopfkissen von innen her aufgefüllt. Als bekäme sie einen runden Po, ein Hohlkreuz vielleicht, nicht das Abgeflachte ihrer Mutter.

Die Bestürzung, mit der sie nach Hause gekommen war, werde ich nicht mehr vergessen. Ich meine mich zu erinnern, dass ihr Mund ein Stück offenstand und dass sie, als sie mich sah, den Atem anhielt.

«Papa», sagte sie zuletzt.

Und dann kam die ganze Geschichte heraus. Was sie gehört hatte. Wie schlecht Rauchen war. «Du kannst davon Krebs bekommen, Papa.» Die Tränen. Ich nahm sie auf den Schoß, wiegte sie, bedeckte den kleinen Rumpf mit meinen warmen Händen.

Der zweite Schock kam, als sie ihren Papa am Tag danach rauchen sah.

Ich hatte es mir zuvor nicht klargemacht, aber jetzt

konnte ich es ihr vom Gesicht ablesen. Sie hatte geglaubt, sie hätte mir tags zuvor etwas Neues über das Rauchen erzählt. Etwas, das ich noch nicht gewusst hatte, etwas, das Papa auch noch nicht hatte wissen können, sonst hätte er es nicht getan.

Der zweite Schock war der eigentliche. Der erste Schlag gegen die Sicherheiten des Daseins. Dass Papa, Erwachsene im Allgemeinen, unvernünftige Dinge tun können. Das hatte sie nicht erwartet. Das konnte sie auch nicht, denn wir hatten sie in der Sicherheit erzogen, Erwachsene täten nur vernünftige Dinge.

Erst hatte ich keinen Sinn darin gesehen, die Kinder mit Gewissheiten großzuziehen, wenn das Leben selbst ohne auskommen musste, aber später verstand ich es besser. Erziehung war die langsame Gewöhnung an die Unsicherheiten, kontrolliert, in kleinen Schlägen, sodass die Kinder, wenn es darauf ankam, dem Leben gestärkt entgegensehen konnten.

Die Bestürzung verschwand mit der Zeit. Suze begann, mein Verhalten zu kritisieren, und eine Zeit der Argumente brach an. Manchmal saß sie bei mir, das redende Gesicht auf die Hände gestützt. Ihre tiefe Stimme, die Ruhe, das Verständnis. Die Rollen waren vertauscht, das Kind erzog den Vater, und ich rauchte dadurch nur noch mehr, als würde ich unter ihrer Aufmerksamkeit noch nachträglich zum aufständischen Pubertierenden.

Ich habe mehr und mehr geraucht, die Rauchperioden wurden länger, die Pausen dazwischen kürzer, und im Nachhinein müssen wir die Zeit seit dem Unglück, ehrlich gesagt, als eine einzige große Rauchperiode betrachten.

Später dann rief sie, sobald ich aufstand und hinausgehen wollte, ich solle nicht rauchen. «Tu's nicht», rief sie, «davon bekommt man Krebs!» Sie blockierte die Haustür, klammerte sich mit ihren kleinen Fingern an den Türknauf, bis ich aufgab und wieder ins Haus ging. Sie blieb ein Kind, es gab immer wieder einen unbewachten Augenblick.

Einmal ist sie mir von der Treppe auf den Rücken gesprungen, die verschränkten Hände gegen meinen Adamsapfel, und blieb mit ihrem Gewicht an meinem Hals hängen, und zwar so lange, sagte sie, den Mund nah an meinem Ohr, bis ich mit dem Rauchen aufhören würde.

«Du hast es versprochen!»

«Kinder verstehen nicht, wenn Väter nicht leben wollen», sagte Ada. «Wie kann das sein, denken sie, warum ist das so – will er selbst für mich nicht leben?»

Suze ahmte meine Hustenanfälle nach. Nicht nur sofort im Anschluss, sondern auch, wenn ich nicht dabei war und sie Dinge tat, die nichts mit mir zu tun hatten. Bei Mama hinten auf dem Rad, gedankenlos, fast summend. In der Klasse, über immer längere

Rechenaufgaben gebeugt. Wie ein Star erzählte sie jedem, was sie unterwegs gehört hatte.

Eine neue Generation wuchs heran, man konnte sehen, wie es geschah. Bewusster und aktiver. Ich war mir jetzt schon sicher. Vor dem Ende der Grundschule hätte sie mich gefragt, was wir mit den Tieren gemacht haben, und vor dem Ende der weiterführenden Schule hätte sie mich wegen der Natur zur Verantwortung gezogen.

Wo sind die Larven und Raupen, wo die Jahreszeiten, die Augenlider der Kuh? Mit dem inneren Widerstand und dem natürlichen Verhalten hatte man versehentlich auch die Hälfte der Augenlider aus den Eigenschaften der Tiere weggezüchtet.

Ich gehörte zu der Zwischengeneration, würde ich antworten, von nach dem Schaden aber von vor der Erkenntnis, aber darauf wird sie nicht hereinfallen, es war auch nur die halbe Wahrheit.

13

SIE HATTEN SICH VON ADA MIT DEM AUTO ABHOLEN UND IM FLUR AUS DEN JACKEN HELFEN LASSEN.
«Endlich wieder eine halbwegs normale Temperatur», sagte Mutter. «Bei uns ist es nicht auszuhalten hinter dem vielen Glas, auf das den ganzen Tag die Sonne brennt.»

«Und unter dem Flachdach», sagte Vater. «Dunkelgrau, fast schwarz. Wenn es noch ein helles Dach wäre.»

Das Haus hatte sich verändert seit dem Tag, als sie es verlassen hatten, durch den Wintergarten war es geräumiger und viel heller geworden, aber sie bewegten sich darin, als ob es geschrumpft wäre. Langsamer, vorsichtiger. Ein Schlurfen war es eher. Wenn es stimmte, dass die Menschen sich nach ihrer Umgebung formten, hatte die Seniorenwohnung schon in kurzer Zeit gehörig auf sie eingewirkt.

«Im Frühling kann es schon warm sein im Haus», sagte Mutter. Schrittchen für Schrittchen ging sie zu ihrem alten Platz in der Ecke der Couch. «Aber im Sommer …».

Ada schob ihr ein Kissen in den Rücken, obwohl sie gut saß, die Sitzfläche war nicht zu tief für sie, war es auch nie gewesen, sie kam ganz normal mit den Füßen auf den Boden, aber ich weiß nicht, ab einem bestimmten Alter zählte das nicht mehr, man bekam wie auch immer dieses Kissen.

«Jetzt verstehe ich auch endlich, warum es schräge Dächer gibt», sagte sie. «Früher nie darüber nachgedacht. Witzig, nicht? Ja, wenn man eins hat, denkt man darüber nicht nach.»

«Wo sind die Kinder?», fragte Vater, während er sich umschaute. «Ich vermisse meine kleinen Schätzchen. Wo sind sie? Hatten sie keine Lust, Opa und Oma zu begrüßen?»

Ada seufzte. «Ja», sagte sie. «Heute früh ruft Ans auf einmal an, ob sie mit zu den Ponys wollten. Also, ihr hättet sie sehen sollen. Die waren natürlich nicht mehr zu halten.»

Sie hielt einen Moment inne und schaute meine Eltern an, als ob sie eine Reaktion erwartete.

Dann sagte sie: «Ich sage, also gut, meinetwegen, für dieses eine Mal, weil ihr mit zu den Ponys dürft, aber sorgt bitte dafür, dass ihr rechtzeitig zurück seid, damit ihr Opa und Oma noch anständig auf Wiedersehen sagen könnt.»

«Was», sagte Vater. «Kommen sie selbst? Holst du sie nicht ab?»

«Nein», sagte Ada. «Sie dürfen selbst nach Hause

kommen. Das kleine Stück, das können sie durchaus. Dafür werden sie allmählich groß genug.»

«Ich hätte es nicht gemacht», sagte Mutter. «Ich hätte sie abgeholt. Jan, das ist doch noch ein ganzes Stück? Für so kleine Kinder! Das letzte Stück ist doch nur unbebautes Gelände.»

«Es ist auch durchaus ein Ding», sagte Ada. «Das ist auch so, das sage ich ja auch nicht. Darüber setzen wir uns auch echt nicht leichtfertig hinweg. Aber wir haben heute früh darüber gesprochen, und es ist gut so, das können sie schon.»

Wir hatten ihnen hinterhergewinkt, der großen Schwester und dem kleinen Bruder. Da gingen sie, zu zweit, das erste Mal allein unterwegs, ohne uns. Suze hielt die Augen starr auf Friso gerichtet, bis sie außer Sichtweite waren.

Ada schluckte.

Unwillkürlich legte ich meinen Arm um sie.

«Ja, Vater», sagte sie. Sie lachte entschuldigend. «Das Loslassen, Junge.»

Kindern konnte man nicht früh genug Verantwortung geben. Raum. Freiheit. Auch die Freiheit, Fehler zu machen. Wer als Kind von seinen Eltern die Chance bekommen hatte, ein paarmal vom Baum zu fallen, stand danach viel stabiler auf der gesellschaftlichen Leiter. Theoretisch ließ sich dagegen rein gar nichts einwenden. Wenn Kinder nicht lernten, was es hieß, falsche Entscheidungen zu treffen, wie es sich anfühlte, eine falsche Entscheidung getroffen zu haben, was die Konsequenzen falscher Entscheidungen sein konnten, lernten sie, dass es überhaupt keine falschen Entscheidungen und negativen Folgen gab, und wurden umso waghalsiger.

Suze wurde ein stattliches Mädel. Voll in Armen, Beinen, Po, Bauch und Wangen. Höchstens vielleicht ein oder zwei Kilos zu viel. Aber es passte zu ihr, es gehörte zu ihr – durch die kleine Extraschicht Zufriedenheit sah man ihre Gesundheit strahlen.

Sie war ein Mädchen, auf das man nie Gedanken verwenden musste, hatte die Lehrerin gesagt, auf das man auch fast keine Gedanken verwenden konnte, weil sie das selbst schon getan hatte. Sie brauchte nie für irgendetwas begeistert zu werden, denn sie war es schon. Sie fühlte sich so wohl in ihrer Haut, dass sie ihre Aufmerksamkeit schon jetzt fast vollständig anderen widmen konnte.

«Natürlich tut es weh», hatte Ada gesagt, als sie ging und nach dem Apfelkuchen schaute. «Aber es ist dein eigener Schmerz. Der Schmerz ist in dir. Die Kinder fühlen ihn nicht, das beschäftigt sie auch überhaupt nicht.»

Ich stand am Fenster; alles wurde immer dunkler grün, schwer und schwanger. Auf der Straße war viel los gewesen; die Jugend auf Fahrrädern, den ganzen

Vormittag. Alles war unterwegs ins Schwimmbad. Jungen und Mädchen jeden Alters, luftige, helle Sommerflecken. Die Gruppe verdünnte alles, auch die Scham, das Schwimmen geschah meistenteils in einer Gruppe.

Inzwischen war es draußen still geworden. Ausgestorben. Was nicht schwamm, verbarg sich im Schatten. Die Kühe seufzten, die Bäuche auf den Rändern des Wassergrabens.

«Wo ist eigentlich die Milchkanne geblieben?», fragte Vater und zeigte in Richtung Fensterbank. «Die da immer gestanden hat», sagte er und nickte. «Da so, vor dem Heizkörper. Die stand da doch gut?»

«Darüber haben wir doch schon öfter gesprochen», sagte ich.

Mit einem Taschentuch wischte er sich den Schweiß von der Stirn. «So ein schönes Ding. Echt schön. Mit diesem aufgemalten Hallenhaus, so ganz fein und präzis.» Er steckte sein Taschentuch wieder ein und schüttelte den Kopf, das Doppelkinn schüttelte mit, ein leerer, ausgesaugter Kropf. «Wie die das nur hinkriegen? So präzis, da steht einem einfach der Verstand still.»

«Sie steht vorn im Flur», sagte Ada. «Und zwar schon eine ganze Weile, wir benutzen sie als Schirmständer.»

«Tille konnte die Kannen sehr schön saubermachen», sagte Vater. «Stimmt doch, oder? Ja sicher, das konnte er, er war darin sehr gut. Schrubben mit heißem

Sodawasser, dann scheuern, besonders die Nahtstellen, die Nahtstellen waren wichtig, die wurden immer besonders gründlich rangenommen. Sie mussten glänzen, nicht wahr, von innen und von außen. Man stellte keinen Plunder an die Straße, das ging einem gegen die Ehre. Außerdem wäre sonst auch die Milch einfach draufgegangen. Milch ist eine saubere Jungfer, haben wir früher gesagt. Die Milch ist eine saubere Jungfer.»

«Darüber haben wir schon gesprochen», sagte ich.

«Na, Tille», sagte Ada. Nur ihr Kopf kam aus der Küche.

«Es war eigentlich eine Frauenarbeit», sagte Mutter.

«Aber das fand Tille nicht schlimm», sagte Vater. «So war Tille nicht, der machte sich nichts daraus, ob Frauenarbeit oder nicht, was kümmerte ihn das? Sie musste getan werden, nur das war wichtig. Alle durften es sehen. So war es doch, deinetwegen konnten sie doch einfach lachen!»

«Wer öfters genauer hinschaut», sagte ich, die Hände hinter dem Rücken gefaltet wie ein Lehrer, der den Schulhof überblickt, «braucht auch seltener den Mund aufzumachen.»

«Mach dir keine Sorgen, dass wir sie einfach so wegtun», sagte Ada. «Wir sind sehr froh damit, sie hat einen Ehrenplatz bei der Haustür. Jemand Tee? Oder lieber Kaffee? Übrigens, wir können uns auch draußen hinsetzen. Hinten ist es wunderbar. Tille hat die Stühle und Sonnenschirme schon bereitgestellt. Eistee, ich kann auch Eistee machen.»

«Ich weiß nicht», sagte Mutter, während sie mit einer Hand den Kragen ihres Kleids unter dem Kinn richtete. «Der Wind hält noch ziemlich drauf. Im Schatten ist es an sich noch machbar, aber ich traue diesem Wind heute nicht über den Weg.»

Ich drehte mich zum Fenster, das Glas fühlte sich kühl an. Gleich würde Suze wieder da sein. Wir würden essen und dann ins Bad gehen. Nur kurz abwaschen, das ging auch. Die ersten Kinder würden wohl bald zurückkehren, dachte ich, aber ich täuschte mich, es war Sommer, das Schwimmbad blieb lange geöffnet; wenn sich die letzten heute Abend auf den Heimweg machten, würde es fast schon dunkel sein.

Eine Familie aus dem Asylbewerberheim kam vorbei – bunt genug, dass man sie schon von Weitem kommen sah. Ein dunkler Mann mit einer gewölbten Stirn ging achtlos vorneweg, eine Frau folgte ihm in einiger Entfernung, auf dem Kopf eine große, volle Einkaufstüte.

«Das sind viele Einkäufe», sagte Vater. Er rückte vor in seinem Sessel und streckte sich. «Das sind eine Menge Einkäufe.»

«So viele sieht man normalerweise nie», sagte Mutter.

«Vielleicht fahren andere Leute mit dem Auto», sagte ich.

«Das meine ich nicht», sagte Mutter. «Es geht um diese Leute. Um die Mengen an Einkäufen, mit denen sie herumlaufen. Darum geht es. Mit Autos hat das nichts zu tun.»

«Es gibt viele Einheimische, die sehr hart arbeiten müssen», sagte Vater, «und die so etwas dann doch nicht bezahlen können. Diese Leute müssen sich das da auch ansehen. Das wurmt einen, und dass es das tut, das verstehe ich. Mich wurmt es auch, wenn ich mir das ansehen muss.»

Der Apfelkuchen schmeckte gut, es dauerte etwas, bevor Mutter sagte: «Und doch weiß ich nicht, ob ich das getan hätte. Die beiden allein, durch unbebautes Gebiet. Man weiß heutzutage nicht mehr, was sich am Straßenrand so rumtreibt.» Sie schüttelte den Kopf. «Das weiß man nicht mehr.»

«Also», sagte Vater. «Die Täter sind längst über alle Berge. Ich weiß nicht, ob du das meinst, aber die Täter sind längst über alle Berge, vor denen brauchst du echt keine Angst mehr zu haben.»

«Woher weißt du das?», fragte Ada. Sie klang neutral.

«Ach, das alles ist doch längst bekannt.» Er beugte sich etwas vor, als wollte er uns ein Geheimnis verraten. «Das weißt du doch, oder?»

Ada zuckte mit den Schultern.

«Die Täter», sagte Vater, nachdem er sich ruhig in seinen Sessel zurückgelehnt hatte, als würde er einen größeren Zusammenhang erläutern wollen; die Anfechtung, die Beine übereinanderzuschlagen, hatte ihn immer noch nicht verlassen, «sind längst über alle Berge. Ali und Hassan, oder wie sie heißen. Diese Burschen. Die sind schon sofort weg, gleich am nächsten Morgen.»

«Welcher Ali und Hassan?», fragte Ada, als würde sie mehrere kennen.

«Die Burschen mit den Gesten des Halsdurchschneidens.»

«Ali und Hassan», sagte Ada. «Ich kannte die Namen noch nicht.»

«Einer von ihnen», sagte er, «welcher, weiß ich nicht, der hatte von Rosa einen Korb bekommen, und so hat es angefangen. Dann haben sie sich gestritten. Erst drinnen. Später auch draußen auf der Straße. Und da haben die Burschen dann gesagt, wir kriegen dich noch, und sie haben auch solche Gesten des Halsdurchschneidens gemacht.»

«Und ein paar Wochen später», sagte Mutter scheinbar erstaunt, «liegt sie in der Wiese, vornüber, völlig ... so ... mit offenem Hals ...»

Vater zog die Nase hoch. «Und tags darauf», sagte er, «sind sie plötzlich einfach verschwunden. Bei Nacht und Nebel aus dem Asylantenheim abgereist. Ohne etwas zu sagen. Ohne eine Nachricht zu hinterlassen. Weg. Futsch.»

«Sogar einen teuren Auftrag beim Optiker haben sie

nicht mal mehr abgeholt», sagte Mutter. «Eine teure Brille. So eilig haben sie es gehabt.»

«Das tut man nicht», sagte Vater. «So eine teure Brille, eine Maßanfertigung. Wenn man so eine Brille braucht, also, dann braucht man die aber auch wirklich. Dann sieht man ohne keinen Scheißdreck mehr. Wenn man unschuldig ist, wenn man nichts zu verbergen hat, dann holt man die doch wohl einfach ab.»

«Und was macht die Polizei?», sagte Mutter. «Was macht die Justiz?»

Ich wusste es nicht. «Suchen?»

«Ach was», sagte Vater. «Sie lassen die Kerle einfach laufen, ohne ihnen auch nur irgendeinen Stein in den Weg zu legen. Sie suchen sie noch nicht mal. Sie wollen noch nicht mal wissen, was die Kerle zu erzählen haben.»

Eine Stille trat ein.

Irgendwo hatte er recht. Wenn das, was er erzählte, stimmte, war es tatsächlich ungewöhnlich, dass die Polizei die Burschen noch nicht verhört hatte.

«Ich glaube nicht, dass wir jemals alles erfahren dürfen», sagte Vater. «Wir wissen, dass sie sich gestritten haben. Gesten des Halsabschneidens gemacht haben. Gedroht haben. Wir wissen, dass sie sofort nach dem Mord verschwunden sind. Warum dürfen wir es dann nicht erfahren?»

Eine neue Stille trat ein, ein längere. Nachdem er ausgeredet hatte, schien er zur Ruhe zu kommen. Er atmete aus. Etwas noch hielt er an der Stille fest, obwohl niemand da war, der sie ihm wegnehmen wollte. Wie ein großzügiger Mann saß er jetzt in seinem Sessel, ein Mann, der jedem seine Atempause gönnte. «Ich habe nichts gegen Ausländer», sagte er dann.

«Ich auch nicht», sagte Mutter. «Ich habe auch nichts gegen Ausländer.»

«Natürlich nicht», sagte er. «Warum sollte man? Das sind doch auch Menschen!»

«Sie müssen ordentlich untergebracht werden», sagte Mutter.

«Natürlich», sagte Vater. «Ist auch unsere Pflicht, finde ich, dass man Menschen, die vor Krieg und Gewalt flüchten müssen, Sicherheit bietet.»

«Es gibt Sahne», sagte Ada. «Falls jemand will.» Sie hielt eine Sprühdose hoch.

«Man fragt sich bloß: Warum so viele? Warum hier?» Er hörte seinen Worten nach, die in seinen Augen wie selbstverständlich klangen. «Wir sind hier so eine kleine Gemeinschaft, das geht einfach nicht, die ist überhaupt nicht auf so viele Menschen ausgelegt.»

«Für diese Leute ist es auch nicht gut», sagte Mutter.

«Nein», sagte Vater. «Logisch. Das wäre dasselbe, wenn man es umdreht, als würden deine Mutter und ich mit einem Koffer voll sauberer Unterhosen irgendwo mitten im Dschungel abgeliefert – so nach dem Motto: viel Spaß, seht zu, wie ihr beiden jetzt klarkommt.»

«Oder in der Wüste», sagte Mutter. «Sie kommen meistens aus trockenen Ländern.»

«Man wird es vielleicht überleben», sagte Vater. «Aber ob man glücklich wird? Ob man sich da irgendwann zu Hause fühlt? Ich weiß es nicht. Oder eigentlich bin ich mir sicher, nein. Es ist nicht gut, für niemand.»

«Sie haben auch andere Vorstellungen von Frauen», sagte Mutter. «In den Gegenden, aus denen diese Leute kommen, werden Frauen viel mehr als Besitz betrachtet.»

«Und wie sie dahocken», sagte Vater. «Habt ihr das schon mal gesehen? Sie hocken da, viel zu viele Menschen auf einem Haufen … ja, was ist es eigentlich, eine Art Camping ist es, ein besseres Freizeitvergnügen. Alles läuft da durcheinander, Familien, Kinder, junge Männer. Und was machen die Burschen? Ihre eigenen Mädchen dürfen sie nicht anfassen, denn die sind heilig, und man sieht sie auch beinahe nicht. Aber unsere Mädchen, ja, das ist eine andere Sache, die haben kurze Röcke an und – na ja», sagte er, «das kann natürlich nicht gut gehen.»

«Ist auch nicht gut gegangen», meinte Mutter.

«Das besagt noch nicht, dass sie es auch gewesen sind», erwiderte ich.

«Sagen wir auch nicht», sagte Ada. «Das sagen wir auch nicht. Tut übrigens niemand, soviel ich weiß. Aber den Anschein hat es. Es sieht sehr sonderbar aus. Allein schon deswegen müsste man es doch untersuchen wollen, damit man es sicher weiß. So kehrt keine Ruhe ein.»

«Ja», sagte ich, denn ich beteiligte mich an dem Gespräch, ich beteiligte mich an vielen der Gespräche, die geführt wurden. Es waren Gespräche, bei denen ich drinnen und zugleich draußen stand. Die Welt war ein Fernsehkrimi und ich der einzige Zuschauer.

14

ES WAR WARM, WINDSTILL, MIT TIEFHÄNGENDEN WOLKEN. Die Kühe lagen im Gras, die Schwalben hingen reglos in der Luft, als ob sie den Atem anhielten. Die Hitze hüllte uns in dünne Filme aus Feuchtigkeit, in Wasserhäute.

Abends hing die Wärme des Tages noch im Haus. Alle sich gegenüberliegenden Fenster standen offen, auch oben, aber es hatte wenig Sinn. Nichts geschah, die Luft stand still, die Hitze konnte nicht weg. Erst in ein paar Tagen würde wieder ein bisschen Wind wehen.

Ada lebte auf bei Hitze, aber ich selbst war nie gut damit zurechtgekommen, meine persönliche Grenze liegt bei etwa fünfundzwanzig Grad. Schon als Kind war Wärme nichts für mich. Ich wollte nie warme Pullover anziehen, ging immer ohne Jacke vor die Tür. Meine Haut verträgt zu viel Sonne nicht; womit ich sie auch eincreme, ich bekomme immer sofort Sonnenbläschen.

Sie kam summend ins Wohnzimmer, sie trug ein langes Kleid, hatte sich einen süßen Duft aufgetan und setzte sich zu mir auf die Couch.

«Du hattest Tee?», fragte sie.

Sie zog die Beine unter den Po, geschmeidig ging es nicht, obwohl Lust für gewöhnlich durch Geschmeidigkeit befeuert wird.

«Würdest du mir auch eine Tasse holen?»

Das Leder der Couch knarrte, als ich aufstand. Ich versuchte, meinen Ärger zu verbergen, das war oft das Beste, was man tun konnte.

«Weißt du, worauf ich übrigens auch mal wieder Lust hätte – ein Glas Wein! Das tun wir auch nie mehr, ein Glas Wein trinken, ich weiß eigentlich nicht, warum.»

Mit einer Tasse kam ich ins Wohnzimmer zurück. Ich goss Tee für sie ein. Ada hatte sich in die Mitte der Couch gesetzt, sodass beide Seiten gleich wenig Platz boten.

«Ha, gemütlich!», sagte sie. «Gibt es nichts im Fernsehen?»

Ich entschied mich für links.

«Sie sind übrigens in Schweden.»

Die rechte Seite wäre besser gewesen, überlegte ich, aber jetzt war es zu spät.

«Wer?»

«Ali und Hassan. Oder einer der beiden. Ali, glaube ich, aber nichts für ungut, es kann ebenso gut der andere sein. Die sind in Schweden.» Sie kostete von ihrem Tee. «Nach dem Wörtchen ‹Wein›», sagte sie, «schmeckt der Tee doch anders, findest du nicht?»

Etwas näher kam sie noch, und so blieben wir eine Weile sitzen, zwei schweigsame Eheleute in einem Wohnzimmer, in einem Haus, auf einer Couch, fast aneinandergelehnt.

Es hatte eine Zeit gegeben, dass die Kinder schliefen, bevor man es richtig bemerkt hatte, dass man nach dem Melken in ein dunkles Haus kam, eine dunkle Diele, und dass man gerade noch vorbeischauen und ihnen rasch einen Gutenachtkuss bringen konnte, wenn man sich beeilte, sie lagen schon in ihren Bettchen.

Ach, die Kleinen in ihren Strampelsäckchen, die Zudecken straff unter der Matratze eingeschlagen – die Sehnsucht nach Haut und Herzschlag und Atmung, nach körperlichem Kontakt, nach Sicherheit und Trost eines elterlichen Kusses. Der Geruch von Babycreme und Hustensirup, die gekämmten Härchen, leicht feucht noch vom Bad, die roten, warmen Bäckchen.

Sie wurden älter und größer, sie gingen später ins Bett, in den Ferien, erst recht zur Sommerzeit. Es blieb weniger Abend für uns übrig, beklagte sich Ada manchmal, fast nichts mehr, noch schnell etwas fernsehen, mehr war oft nicht mehr drin.

«Derksen will sich vergrößern», sagte sie. «Hat er dir das erzählt? Er bekommt auch so einen großen, neuen Stall.»

«Ach», sagte ich. «Nein, aber ich habe mir so was schon gedacht.»

«Ja, er will sich vergrößern, sagt er. Er will mehr. Die Zukunft gehört den Großbetrieben, sagt er. Er sagt: ‹Hundertfünfzig Tiere ist das Mindeste, das ist die neue Untergrenze.›»

Ich legte meine Hände auf meine Beine. Ich fühlte die Muskeln und Knochen. Wenn ich über den Jeansstoff rieb, konnte ich die Härchen darunter scheuern hören.

«Er geht erst auf hundertsiebzig», sagte Ada, «aber er will mehr.»

«Sicher auch eine automatische Melkanlage?»

«Alles», sagte sie. «Das muss sein, sagt er. Sonst kommt man nicht weiter. Kann man nicht mehr mit. Die Quoten, sagt er, werden von selbst abgeschafft. Milch, der Mist, Phosphat, alles ist ab demnächst frei. Alles ist in den nächsten Jahren frei.» Sie zuckte mit den Schultern. «Und für den Mist muss man einfach etwas Land zusätzlich kaufen.»

Ich nahm die Tasse und schaute hinein. Sie war leer. Der Tee war alle, gerade jetzt, wo ich einen trockenen Mund bekommen hatte.

«Ich bin eine Frau, Tille», sagte Ada. «Frauen brauchen manchmal ein bisschen Aufmerksamkeit. Dass ihr Mann ihnen ab und zu etwas Nettes sagt. Es muss nicht jeden Tag sein.»

Ich stand auf.

«Ich bin beim Friseur gewesen», sagte sie. «Siehst du das nicht? Ich denke, ich sage nichts, mal sehen, ob er reagiert. Aber du sagst überhaupt nichts dazu.»

«Welchem Friseur?», fragte ich.

«Wieso, welchem Friseur? Darum geht es doch gar nicht! Ich habe mich verändert, ich habe mir die Haare schneiden lassen, und zwar schon vor zwei Tagen, und du siehst es noch nicht mal.»

«Doch, ich sehe es», sagte ich. Natürlich tat ich das. Sie war nicht unsichtbar. Aber ich wollte es nicht kommentieren, das war etwas anderes.

«Aber du sagst nichts dazu», meinte Ada.

«Es ist nett», sagte ich.

«Aber ...?»

«Bisschen kurz.»

«Zu kurz?»

«Etwas», sagte ich. Ich wollte rauchen. «Aber das wächst wieder nach, nicht?»

Einen Moment war es still.

Ada befühlte ihre Haare und schaute zu mir hoch, offensichtlich in der Hoffnung oder Unterstellung, ich würde mein Urteil noch korrigieren.

Aber ich blieb bei meiner Meinung, ich fand es kurz. Zu kurz. Etwas länger sieht besser aus, wenn man ein rundes Gesicht hat. Was sollte ich sonst sagen – sie beim nächsten Mal anlügen? Wollte sie das? Dass ich das nächste Mal, wenn sie mich danach fragte, einfach sagte: Wie nett du aussiehst mit den kurzen Haaren? Wie passend zu deiner Kopfform du das ausgesucht hast?

Ada nippte an ihrem Tee, die Hände um die Tasse

gelegt. «Ich bin mit einem Mann verheiratet, der sehr wenig Worte macht.» Sie lächelte säuerlich.

Ich zündete mir eine Zigarette an, es war ein dunkler Abend. Keine Kuh brüllte, der Sommer legte eine stille Decke über Mensch und Tier. Die letzten Schwalben des Tages, die ersten Fledermäuse. Gänse am Himmel. Durch die Fenster sah ich, dass Ada Teelichter angezündet und eine Flasche Wein mit zwei Gläsern auf den Tisch gestellt hatte.

Wir hatten uns nicht gemacht, wir waren nicht verantwortlich für uns oder für die Art und Weise, in der wir zusammengesetzt waren. Aber wir steckten andererseits auch schon lange genug in unseren Körpern, um von einer Mittäterschaft sprechen zu können. Wie ein Mieter allmählich Rechte im Haus eines anderen erwarb. Langsam wurde das Haus seines, obwohl er faktisch nichts damit zu tun hatte. Wie ein Bauernsohn durch seine Arbeit eigentlich auch Rechte im Betrieb seines Vaters erwarb.

Ich ging zum Zaun, zündete eine neue Zigarette an. Wer langsamer, tiefer und vor allem auch weniger oft einatmete, konnte besser denken, freier, aber auch zielgerichteter – ihm oder ihr gelang es jedenfalls öfter, einen Gedankengang zu vollenden.

Als ich den Rauch ausblies, kam hinter meinem Rücken, aus meinem toten Winkel, ein Mädchen vorbeigeradelt. Ich wusste, dass es ein Mädchen war. Dass es ein Mädchen sein würde. Mädchen sind geräuschvoller als Frauen, bringen eher Kraft auf die Pedale.

Ich schaute ihr nach, sie war jung und schlank, die langen Haare wehten im Wind.

Sie hatte mich nicht angeschaut, als sie vorbeifuhr, sondern nur kurz genickt. Ihr Kettenschutz klapperte. Mit der einen Hand hielt sie den Lenker fest, mit der anderen drückte sie den Stoff ihres Röckchens zwischen den Beinen nach unten.

Es radeln immer Mädchen vorbei, zu jeder Stunde des Tages, wie eine Vorführung lockerer Freude und Unbefangenheit. Sie trugen meistens kurze Röcke. Strumpfhosen manchmal. Hautfarben. Nicht weil es in einer Jeans so warm war. Sie wollten die jungen Männer schnüffeln sehen. Sie schauten sie an, als hätten sie eine Bemerkung oder eine Frage nicht verstanden, registrierten währenddessen aber die kleinsten Bewegungen der Nasenflügel.

Die Leute sprachen von Schuld, weil wir nicht über unsere Mädchen reden wollten, ihre Rolle nicht sehen wollten. Wir konnten nicht akzeptieren, dass das Mädchen, das wir für unser Empfinden erst vor so kurzer Zeit aus dem Mutterschoß hatten hervorkommen sehen, das wir gefüttert, gehätschelt und sicher zur Schule gebracht hatten, ein funktionierendes Geschlechtsteil hat.

Die Leute wollten nicht wissen, dass sie Töchter haben, die weiterdenken als sie selbst, unbewusst vielleicht, aber dennoch. Sie kannten ihre Töchter nicht, die Töchter kannten sich selbst nicht, sie waren jung, sie konnten ihre Wünsche und Sehnsüchte noch nicht so gut in Worte fassen.

Es kam noch ein Fahrrad vorbei, ein Mädchen mit einem Kopftuch, eine Haut, die im abendlichen Vorbeifahren etwas Grünes zu bekommen schien. Eine Form der Schönheit, die besser zu ertragen war als andere. Ich wusste, wovon ich sprach. Ich hatte die Schönheit gesehen. Ich war an einem Ort gewesen, wo Schönheit und Hoffnung ein Bündnis miteinander eingegangen waren. Der Mond hatte geschienen, der Vollmond. Das Bündnis war übermäßig mit Licht beschienen worden. Ich konnte es sehen. Die Bilder gingen dem Verstehen kilometerweit voraus. Ein Empfänger der Bilder war man, nahezu willenlos, wenn man einfach nur dastand am Zaun und kurz eine rauchte und ein Mädchen vorbeikommen sah. Das geschah hier so oft.

Nach der Schönheit war nichts. Ein Loch, ein Abgrund. Nach dem Rausch, dem Spritzen – ich hatte abgespritzt – wurde ich rettungslos in mich selbst zurückgeworfen. Ein Schock war es. Ein großer, lebensbedrohlicher Schock.

Plötzlich war die Welt wieder da.

Plötzlich machte die Welt wieder Geräusche.

Die Bäume, die Blätter, der Wind. Die Hauptstraße, das Rauschen.

Nach der Stille das Geräusch, mit dem Geräusch die

Wirklichkeit. Selbst der Mond war nicht mehr vollkommen still, auch nicht die Wolken, die Nacht.

Sie lag vornüber im Gras, das junge Leben, die junge Haut erdverschmiert. Mit dem Leben war auch die Schönheit aus ihr gewichen, die überdurchschnittliche Anziehungskraft. Die langen, blonden Haare, anfänglich zu einem hohen Pferdeschwanz zusammengebunden, klebten in Strähnen an ihrem Gesicht. Als wäre jemand darübergelaufen.

Schon jetzt schien etwas Gelbliches durch die Haut, etwas Gelbes gemischt mit Grau. Das Gesicht ruhte auf einer Wange, die Arme lagen blutlos neben dem Körper.

Ich drehte mich von ihr weg, die Beine leicht gebeugt, der Himmel über mir wie die Innenseite einer Eierschale. Der Mond begann zu scheinen. Der Vollmond. Alles badete in einem schimmernden Licht: die Wiese, die Bäume, die glatte, schneeweiße Haut.

Ich raffte meine Kleidung zusammen.

Was davon noch übrig war.

Hose. Unterhose. Hemd. Pullover. Jacke.

Überall lag was.

Ein Holzschuh hinter ihrem Kopf.

Der zweite bei den Fahrrädern.

Mein Rad schien noch in Ordnung zu sein. Ihres auch.

Ich hatte es wieder hingestellt und kurz angeschaut.

Ich zog meine Hose an, als ich etwas hörte.

Ich stieg in meine Holzschuhe und hörte es wieder.
Ja, ich hörte es, ich war mir jetzt sicher.
Sie atmete noch.

15

ICH STAND AUF EINEM BEIN AN DAS HAUS GELEHNT UND RAUCHTE EINE ZIGARETTE. Kurz davor waren zwei Frauen durch die Haustür hineingegangen. Erregte Frauen jenseits eines bestimmten Alters, die Genüsslichkeit; die milde Ratlosigkeit der Unfruchtbarkeit.

Bei den Schwalbenkästen hockten Stare auf der Suche nach sauberen Nestern für ihr zweites Gelege. An und für sich sind Stare hygienische Tiere. Aus den Küken kommen kleine Säckchen mit Exkrementen, die die Eltern stückweise hinaustragen. Wenn ein Küken eine Larve hinunterschluckt, fällt an der anderen Seite des Verdauungstrakts sofort so ein Säckchen heraus, sodass die Eltern deswegen nicht eigens hin und her fliegen müssen.

Aber sie konnten keine Schneckenlarven mehr finden, sie bekamen zu wenig Kalk und dadurch Durchfall. Alles war verschmutzt, die Federn verklebten, die Flügel pappten am Nest an. Die Küken konnten sich nicht mehr bewegen und starben vor Hunger.

Es war Hochsommer, der Mais ragte schamlos empor, frisch wie soeben gewaschene Kunstblumen. Drinnen sprang die Senseo an. Seit meinen ersten Erinnerungen hatte ich die Veränderungen der Welt und der Jahreszeiten gesehen, am meisten aber in den letzten dreizehn Jahren; vielleicht habe ich da ja mehr darauf geachtet.

Allmählich haben wir die Natur aus der Landschaft verschwinden sehen. Es war ein Prozess. Darum fiel es auch nicht so auf. Wäre es ruckweise gegangen, wären sichtbare Happen aus der Natur gebissen worden, dann hätten wir es früher bemerkt. Einen einzelnen Bauern konnte man dafür nicht verantwortlich machen. So funktionierte das nicht. Im Nachhinein hätten wir es auch lieber anders gemacht.

Am meisten vermisste ich die Vögel. Die Uferschnepfen, die Lerchen, hoch aus dem Gras, die gelben Bergstelzen bei den Fladen, die gab es damals auch noch, echte, große Kuhfladen, runde, süße Zentren des Kleinlebens. Jetzt ist die Gülle so dünn, dass sie sofort davonrinnt.

Vor dreizehn Jahren wurden die meisten Kühe noch nach draußen gebracht. Man sah viel mehr Schafe. Pferde und Ponys sieht man nach wie vor, besonders nahe ums Dorf, der Pferdesport bleibt beliebt. Krähen und Dohlen hatten wir, Möwen und Gänse, jedes Jahr mehr. Wir hatten alles. Graue, weiße, Bless-, Nonnen- und Nilgänse, braune, mit schwarzen Augenflecken. Irgendwann in meiner frühen Kindheit sind sie plötzlich aufgetaucht und kamen seither immer wieder, warum, wussten wir nicht, wir wussten nur, dass ab derselben Zeit auch die ersten Gastarbeiter aus vergleichbaren Regionen in unser Land kamen.

Die Gänse zogen immer später fort und kamen immer früher zurück. Sie zogen immer weniger, manche Gruppen hatten schon ganz damit aufgehört.

Die Bauern hatten die Natur nicht nur verschwinden sehen, sie waren nicht nur die ersten und wichtigsten Zeugen des Veränderungsprozesses gewesen, sie haben der Natur beim Verschwinden ehrlich gesagt auch etwas nachgeholfen. Auf dem Land lebte fast nichts mehr. Jetzt hieß es warten auf das erste Frühjahr, in dem die Erde zu wenig Insekten ausdampfen würde, um die Pflanzen noch zu befruchten.

Alles war Gift, die Samen gesättigt, die Käfer lagen auf dem Rücken.

Wir hatten es selbst getan, ich auch. Man sah den Schaden, den Insekten anrichteten, aber man vergaß ihre Wichtigkeit. Als die Nikotinoide verboten wurden, schalteten wir mühelos auf die Neonikotinoide um.

Erst musste etwas kaputtgehen, bevor man sah, dass es kaputtzukriegen war, so funktionierte das. Erst musste etwas kaputtgehen, und erst dann sahen wir, wie es zusammenhing. Wie es zusammengehangen hatte. Es war ein Lernprozess, wir lernten mit zerstörerischer Kraft.

Für die Vögel hatten die Frauen kein Augenmerk gehabt, ab einem gewissen Alter erschöpfte sich das Interesse von Frauen in ihnen selbst, die eigene Erregung trieb sie weiter, eine leichte Panik, eine formlose Ahnung der Überflüssigkeit.

Ich ging hinein.

Im Haus waren drei Frauen, drei gleichartige Frisuren, kurz im Nacken, mit Strähnen auf dem Kopf und einer längeren Locke über der Stirn. Sie hatten sich über eine Zeitung auf dem Tisch gebeugt, als hätten sie das Ende eines Regenbogens gefunden.

Dabei: Sie hatten sie schon gelesen, es war die Zeitung von gestern. Alle kannten diese Zeitung, erst recht die bewusste Seite. Alle waren voll davon, alles sprach darüber, die Zeitungen und das Fernsehen. In der Zeitung hatte ein Brief gestanden. Und der enthielt alles; alles, was alle schon immer über Ali und Hassan gedacht hatten.

«Natürlich werden sie das tun», sagte Jonta, die größte der drei.

«Na ja», sagte Ans, «ich weiß nicht. Ich kann mir fast nicht vorstellen, dass sie jetzt auf einmal sagen: ‹Ach, schade, unter den Teppich kehren funktioniert nicht, wollen wir es also wieder so machen, wie es sich gehört?›»

Es war betrüblich, wie sehr Menschen neben der Wahrheit liegen konnten und damit trotzdem glücklich waren, obwohl man es auch beruhigend finden konnte.

Auch, weil sie irgendwo doch wissen mussten, dass sie daneben lagen, wenn auch vielleicht unbewusst. Eine Antwort hätte für Ruhe sorgen müssen, aber die Frauen behielten ihren Eifer bei.

Ada hatte Ingwerkuchen für den Besuch besorgt, der kleine Laden in der alten Kuchenfabrik verkaufte altmodische Sorten. Auch dort hatte man sich über den Brief unterhalten. Ich sagte: «Es war aber doch ein westeuropäischer Mann, Leute.»

Ans nahm ihre Lesebrille von der Nase.

Es war lange her, dass ich mich im Mittelpunkt eines Gesprächs befand. Eigentlich war ich nie der Mittelpunkt eines Gesprächs gewesen. In meiner Jugend war das nicht möglich gewesen, mit Ada und meiner Familie ebenso wenig. Die einzigen Male, an denen ich der Gesprächsmittelpunkt war, waren wir zu zweit gewesen, ich mit Suze oder Ada, aber dann gab es eigentlich keinen wirklichen Mittelpunkt, sondern es war mehr das Thema.

«Dieser dumme Brief», sagte ich und fing an zu lachen.

«Warum sollte der Brief nicht echt sein?», meinte Jonta. «Er enthält viel zu viele Details, um unecht zu sein. Sonst hätte die Zeitung ihn auch nicht veröffentlicht, wenn er nicht echt wäre.»

«Ja, tut mir leid», sagte Ans. «Aber das hier sind einfach Tatsachen. Von dieser Frau vom Asylantenheim, die jetzt natürlich entlassen ist, und diese merkwürdige Fahrt mitten in der Nacht, um diesen Burschen ungesehen ins Ausland zu verhelfen, gleich am folgenden Tag.»

«Es geht noch nicht einmal darum, ob dieser Brief echt ist oder nicht», sagte Jonta. «Sondern ob das, was darinsteht, stimmt. Es geht darum, dass untersucht werden muss, ob es stimmt. Wenn nicht, wenn den Burschen nicht geholfen wurde, außer Landes zu kommen, auch gut. Aber das würden wir schon gern wissen. Wo sind die beiden? Warum wurden sie nicht verhört, warum wurde noch nicht mal nach ihnen gesucht? Wenn man so viele Hinweise hat, wenn es so wenig Mühe kostet, warum tut man es dann nicht einfach? Darum geht es.»

«Es war ein westeuropäischer Mann, haben sie doch gesagt», sagte ich, die Türklinke in der Hand, ich war ein Raucher, ein periodischer Raucher, die Perioden konnten länger oder kürzer sein.

«Tille», sagte Ada. «Es gibt mehr Leute mit diesen Fragen. Dann ist es doch wichtig, sich das genau anzuschauen!»

«Ja», sagte Ans, «in der Tat, ein weißer Mann, das sagen sie, ja. Aber warum? Auf was gründet sich das? Auf ein Kopfhaar, das sie auf oder in Rosas Feuerzeug gefunden haben.» Sie schnaubte. «Sie kam aus der Disco, Tille. Wenn man ausgeht, gehen die Dinger von Hand zu Hand, das weißt du doch auch noch. Niemand kommt nach so einem Abend mit seinem eigenen Feuerzeug nach Hause.»

«Ja, oder was denkst du?», pflichtete Jonta ihr bei.

«Dass sie zusammen noch ein Zigarettchen auf der Wiese geraucht haben? Oder dass solche Leute ihre Feuerzeuge am Tatort herumliegen lassen?»

«Er hat noch mehr hinterlassen», sagte ich.

«Das glaube ich nicht», sagte Ans. «Das glaube ich echt nicht. Denn wenn du recht hättest, wenn es wirklich so viele Spuren gäbe, warum haben sie ihn dann noch nicht gefasst?»

Ich rauchte eine Zigarette, ich dachte an meine Jugend. Ein paar Blitze, Bruchteile, aus mehr hatte diese Jugend nicht bestanden. Es war schade, dass ich damit nicht sorgsamer umgesprungen war, aber wenn man jung war, konnte man solche Dinge auch nicht wissen. Dass die Blitze noch einmal wichtig werden würden. Man dachte nicht an Blitze, man war über ihr Dasein nicht unterrichtet, man war der Blitz.

16

ROSALINDE, VOLLER LEBEN, WAR EINE ROSE AUF LANGEN BEINEN GEWESEN.

Die Leute freuten sich, wenn sie am Samstagmorgen den Friseursalon betrat. Henry selbst, das Personal, die ersten Kunden des Tages. Ihr Mantel stand ein wenig offen. Sie ließ eine Tasche von der Schulter gleiten. Es war acht Uhr und sie hastete zu der Umkleide hinten im Geschäft.

Unterwegs lächelte sie aus allen die Sorgen und Strapazen weg.

Hatte sie etwas gesagt?

Hatte sie gesprochen?

Ich klapperte die Rohre der Boxen entlang; es musste gemolken werden. Um sie zu erschrecken, brauchte es wenig – Lärm, Veränderung. In ihrem Schrecken wussten sie nicht, was sie taten. Reflexe, Instinkt; ihre Augen rasten. Es wurden keine Entscheidungen und keine Wahl mehr getroffen. Es gab keine Tiere mehr, es gab nur noch die Herde.

War es wichtig, dass sie etwas sagte?

Sie sah nett aus.

Nicht jeder musste sich schön anziehen, um schön auszusehen. Schöne Menschen taten ihrer Schönheit mit Zierrat eher Abbruch. Das Wort Unbändigkeit sagte es selbst schon ein wenig, es bewegte sich in die falsche Richtung, von der Schönheit weg.

Sie trug einen ruhigen, schwarzen Rollkragenpullover, enganliegend.

Sie lachte herzlich.

Warum lachte sie?

Gab es etwas zu lachen?

Zur Schule fuhr sie meistens in Jeans, aber es war Samstag und die Kunden wussten ein Röckchen zu schätzen. Röckchen wirken gepflegt. Mit einem Röckchen zeigt man, dass man sich für den Kunden Mühe gegeben hat. So machte man ihn zu etwas Besonderem.

Es lag auch am Wetter.

Es war warm, die Hitze kam immer früher. Auf ein paar unerwartete Hitzestöße im Frühjahr folgten immer längere, nassere, eintönig graue Sommer.

Ich trieb die Tiere zwischen die Trennwände, das Hinterteil zuerst, die Euter und Zitzen mussten in Arbeitshöhe hängen, wenn man in der Melkgrube stand. Danach machte ich die Zitzen sauber, desinfizierte sie, injizierte die harten Euter.

Im Sommer war es zu heiß, um den ganzen Tag in einer Jeans herumzulaufen, aber es zog bei Henry. Ein Friseursalon war ein zugiger Arbeitsplatz. Es gab viel

Bewegung, die Kunden gingen ein und aus, nicht jeder schloss die Tür hinter sich.

Sie entschied sich für eine Strumpfhose, hautfarben, so hieß das, so stand es auf der Verpackung, aber mit Hautfarbe hatten die Strumpfhosen wenig zu schaffen. Haut war viel heller. Weiß im Vergleich zu dem, was sie im Supermarkt als hautfarben verkauften.

Während sie in Wirklichkeit keinen Rock getragen hatte, sondern eine Hose, eine Jeans. Eng, aber nicht zu. Ich ging mit einem Messer durch den Stoff, ich arbeitete von den Knöcheln zu den Schienbeinen. Langsam, vorsichtig, über die Knie bis zu den Schenkeln, legte ich ihre Oberschenkel frei, die junge Haut, stark und weich zugleich; die Textur der Jugend.

Sie lachte, womöglich gab es etwas zu lachen. Ich wusste nicht, was es sein konnte. Witze, nette, doppeldeutige Bemerkungen – oft bemerke ich sie nicht einmal. Oder verstehe sie nicht. Das Leben an sich ist schon geistreich, vielleicht ist es ja das – Zucker schmeckt man nun einmal nicht mit Zucker ab.

Nur ein Mal habe ich einen Witz gemacht. Selbst ausgedacht. Wir saßen mit der Familie bei Tisch. «Sag mal», hatte Ada gerade gesagt, den Blick halb auf mich gerichtet, den Rest auf die Kinder, das Publikum, «was war denn heute Nacht mit dir los? Was, Kinder? Man könnte meinen, Papa hätte einen Alptraum gehabt.»

Ich hatte alle danach einzeln angeschaut. Ich war ein Mann. Nicht groß. Nicht breit oder athletisch, eher mager, sehnig. Man sah nicht, wie stark ich war. Aber ich war ein Mann, vollauf und unverkennbar ein Mann – im Stall entschied ich in wenigen Sekunden über Leben und Tod. «Einen Alptraum?», sagte ich – so begann der Scherz. «Nein, das kenne ich nicht. Aber ich habe wohl mal morgens ein geradezu alpines Hoch gehabt!»

Aber ich träumte.
Natürlich träumte ich.
Ich träumte immer.
Dreizehn Jahre habe ich geträumt.

Wenn ich im Bett lag, wenn ich schlief, wenn ich die Melkbecher an die Zitzen ansetzte. Zwölf Kühe, zwölf mal vier Becher, achtundvierzig Zitzen. Ich war ein Mensch. Ein Mensch aus Fleisch und Blut. Mit Hoffnung, Furcht, Sehnsüchten. Jeder will sexuell über die Frau triumphieren. Friso auch, demnächst, man kann die Uhr danach stellen. Nicht, dass es bewusst geschah.

Es war keine Absicht.

Dreizehn Jahre bin ich ein Mensch gewesen, habe ich versucht, ein Mensch zu sein, habe ich für das Recht gekämpft, Mensch sein zu dürfen. Ich habe alles gegeben. Alles was ich bin und alles, was ich in mir hatte, habe ich in diesen Kampf geworfen, mich selbst zuerst.

Das Träumen war mir zuwider. Ist es noch immer, aber weniger. So zuwider wie früher ist es mir nicht mehr. Der Traum ist natürlich ein verräterischer Film. Er nimmt einen mit, führt einen durch Bilder und Geschichten, und wenn man hochschreckt und wach wird – man erwacht nie schön aus einem Traum –, wird einem klar, dass man alles bloß geträumt hat.

Dass alle Aufregung umsonst gewesen ist.

Sie lachte.

Warum lacht sie?

War etwas Humorvolles passiert?

Träumen von einem Alptraum, als läge man unter seiner Bettdecke. So leicht. So hart und grell war das Licht. Als würde man im Regenanzug und mit einer umgebundenen Stirnlampe in dem Kriechkeller unter dem Haus nach Kupferleitungen suchen.

Arie von De Dorelaer hätte sich versehentlich vergiftet, hatte Vater erzählt. Jeden Tag, wenn er in seine Kneipe kam, hätte er selbst das erste Bierchen aus dem Zapfhahn getrunken, Bier, das die ganze Nacht und einen Gutteil des Morgens in einer Kupferleitung gestanden hatte. An der Art, wie Arie dagelegen hätte, den Hals verdreht, die Zunge aus dem Mund, erzählte Vater, habe man sehen können, wie schwer der Todeskampf gewesen sei.

Ich robbte durch den nassen Sand unter dem Haus, über die Reste von Ungeziefer. Vater streckte den Kopf und einen Arm durch die Luke. Seine Baulampe war viel stärker als das Lämpchen, das er mir umgebunden hatte.

Ich schrie wie eine Kuh in den Wehen.

Schreien war mir zuwider.

«Tille, was tust du?», rief Vater. «Was machst du denn da? Gott im Himmel …»

Auf einmal schrie er nicht mehr.

In dem Kriechkeller wurde es still.

Jetzt fehlte mir das Schreien, ich hatte mich gerade daran gewöhnt.

Solange geschrien wurde, geschah nichts anderes.

Aber es wurde nicht mehr geschrien, und ich sah auch nichts mehr, seine Lampe war so viel stärker als meine – nichts sah ich durch dieses Licht.

Träume setzen sich nicht durch, sie übernehmen einen nicht, sondern vermitteln einem stattdessen gerade genug Klarheit, um zu wissen, dass man sich in einem Kriechkeller befindet, um alles doppelt zu erfahren – den Traum und die Wirklichkeit –, aber gerade nicht genug, dass man sich aus dem Traum befreien kann.

«Okay, eine schwierige Frage», sagte Suze.

Sie standen im Sonnenlicht. Es war heiß. Immer mehr Sommer, die Schatten wanderten immer kürzer ums Haus. Das Laub der Birken wuchs über der Straße zusammen – die Straße wurde ein Tunnel mit einem hohen Blätterdach, aus dem manchmal plötzlich Fahrradjugend auftauchte, Jungen, Mädchen, junge Frauen.

«Was wäre dir lieber: lebendig begraben oder lebendig verbrannt zu werden?»

Sie trat einen Schritt zurück, als ob ein kleiner Schritt Distanz von der Frage wichtig wäre.

Friso zögerte, eine Denkfalte auf der Stirn.

«Na ja, das heißt, wenn du wählen müsstest», sagte sie.

«Begraben», sagte ich. «Ich würde mich für Begraben entscheiden. Jedenfalls, wenn es in einem Sarg sein darf. Einfach so in den Boden will ich nicht.»

In einem Sarg muss es sein wie Ertrinken. Weil der Sauerstoff zu Ende geht. Man hämmert gegen den Deckel, aber das hat keinen Sinn. Der Deckel kommt nicht von der Stelle. Aber wenn uns die Sinnlosigkeit einer Handlung klar wird, wird diese nicht unverzüglich eingestellt, sondern im Gegenteil meistens intensiviert – manchmal sogar leidenschaftlich.

Aus dem Schlagen wird ein schnelleres Schlagen.

Aus dem Hämmern, ein festeres Hämmern.

Deine Fäuste brechen, aber das spürst du nicht, das spürt niemand.

Später, viel später, du hast den verfügbaren Sauerstoff durch das Hämmern nur noch schneller verbraucht, gehst du zum Kratzen über. Die Nägel werden in das Holz geschlagen, die Hoffnung entsteht, dass sich das Holz wegkratzen lässt. Noch später verlierst du das Bewusstsein.

Ich lag im Bett. Das Schlafzimmer war gelüftet. Das Bett war sauber, die Laken und Bezüge waren frisch gewaschen. Allen Aspekten der Schlafhygiene war Genüge getan, aber meine Haut war zu heiß, hatte zu viel Arbeit.

Das Bett war leer. Es dauerte etwas, bevor ich mich ans Fenster stellte und die Vorhänge öffnete.

Einen Mond gab es nicht. Es war eine stille, dunkle, mondlose Nacht. Ein Radfahrer fuhr vorbei, abwechselnd durchs Dunkel und das Licht der Laternen – man sah ihn nicht, man sah ihn, aus-an, aus-an, wie eine Nachricht in Morsezeichen.

Auf dem Flur kniete Ada bei Suze.

«Ruhig», sagte sie. «Ganz ruhig. Alles in Ordnung, alles ist gut. Papa hat bloß ein bisschen eigenartig geträumt.»

Sie war aus dem Bett gekommen. Das tat sie sonst nie. Vom Bauch bis zu den Fußknöcheln war ihr Pyjama durchnässt. In den ernsten Äugelchen glühten Sorgen durch die Verwirrung des Halbschlafs hindurch.

«Auf einmal war es passiert, Papa», sagte sie. «Ich habe es nicht absichtlich gemacht.»

Ich kratzte, denn es juckte mich. Schuppen fielen mir von der Haut – hauchdünne, fast durchsichtig weiße Flöckchen überflüssig gewordener Haut.

«Ruhig», sagte Ada. «Ganz ruhig.»

Sie streifte die nasse Pyjamahose nach unten, das Unterhöschen rollte sich darin auf.

«Ist ja längst gut, Liebes. Jedem passiert mal ein kleines Malheur. Allen Kindern. Selbst Erwachsenen manchmal noch. Das ist nicht schlimm, deswegen brauchst du dich wirklich nicht zu schämen.»

Ich stand an den Kühlschrank in der Küche gelehnt. Kräuterbitter, dicklich und süß, reizte die Speiseröhre. Es war lange her, dass ich Alkohol getrunken hatte, bei der letzten Reizung hatte Rosalinde noch gelebt.
«Mir ist nicht so gut.»
Das Wörtchen «so» hatte ich selbst eingefügt. Ich wollte mich nicht ganz festlegen. Die Wirklichkeit war immer anders, als man dachte.

Ich war mir nicht sicher, ob ich träumte. Ob ich mich nach wie vor in einem Alptraum befand. Die bestimmende Eigenschaft des Moments in der Küche war, dass ich es nicht wusste.

Das charakterisierte die Sache.

Ich nahm einen Schluck.

Das Letzte, woran ich mich erinnern konnte, war ein Baum in einer Kurve des Radwegs, der die Sicht auf das Dahinterliegende versperrte.

Das war eine Überraschung.

Die Überraschung lächelte mich an.

Sie hatte auf mich gewartet.

«Gott, Tille», sagte sie, «frag nicht, was ich alles habe tun müssen, um diese Leute loszuwerden! Wieder und wieder sagten sie, dass sie mich nach Hause bringen wollten, sie ließen mich einfach nicht gehen.»

Wir standen uns gegenüber.

Die stille Konzentration, der Fokus.

«Ich bin hier. Wir sind hier. Ich habe auf dich gewartet.»

Auf der Küchenwand war ein Fleck, jetzt wirkte er noch wie ein Schatten, aber in wenigen Stunden würde es hell werden und er besser zu sehen sein. Ein rotbrauner Fleck, der schon am darauffolgenden Tag ein wenig verblassen würde, heller werden, jeden Tag ein wenig mehr.

Sie nahm mich bei der Hand.

Eine weiche, warme, kleine Hand.

Wir gingen in die Wiese. Der Mond strahlte wie eine kalte Sonne. Weiter hinten, am Gehölzrand, hatte sie eine Decke ausgebreitet, ein Tuch, das sie von zu Hause mitgebracht hatte.

«Das ist doch etwas komfortabler», sagte sie. Als ob sie Erfahrung hätte. Als ob sie sich schon öfter so mit jemandem verabredet hätte.

Und als sie lag – sie legte sich hin, als ob keine Zeit zu verlieren wäre –, sagte sie: «Jetzt musst du wahrscheinlich meine Hose aufschneiden.»

Ich tat, was mir aufgetragen wurde. Wenn Vater sagte, ich sollte Kupferleitungen suchen, dann suchte ich Kupferleitungen, so ruhig wie möglich, ohne mich zu hetzen, bis die beiden Hälften der Hose neben ihren Beinen auf dem Tuch lagen und ich ihre glänzenden Schenkel sah.

Und auch der Slip – das Wort «Slip» war hier angebracht – dieser kleine, weiße Slip, der im Wesentlichen aus durchsichtiger Spitze bestand.

Sie war rasiert.

Ein klein wenig Haar hatte sie stehenlassen.

Einen Streifen, dünn und schmal.

Sie zog ihre Beine an, bevor sie den Slip über ihre Füße den Körper verlassen ließ. Schöne Füße, schlank. Die Zehen sind meist nicht der zierlichste Teil der Frau, aber sie hatte zierliche Zehen.

Und ich stand da und bedrohte mit meinem Messer die Luft. Das sagte ich auch, während sie zwei Finger in den Mund steckte: «Was soll ich damit?»

Die Finger fuhren den Körper entlang nach unten, vorbei an den Brüsten, noch im BH, dem Bauch, dem Unterbauch. Sie führte ihre Finger ein und schloss die Augen. Und ich stand da und schaute. Mit meinem ganzen Körper betrachtete ich sie.

«Komm», sagte sie. «Komm.»

Und ich kam.

Ich legte mich auf sie. Ich arbeitete mich in sie hinein. Enge. Beengtheit. Ich fickte sie. Sie sagte: «Bis hierher könnte ich mich noch gelassen geben.»

Ich fickte fester, ich war umsonst vorsichtig gewesen.

Sie lachte wieder.

Hätte sie nicht gelacht, hätte man es Stoßen nennen können.

«Das hier ist so eine Art Wunsch von mir», flüsterte sie. Ihr Atem wurde warm und kalt an meinem Ohr.

Sie legte ihre Hände auf meine Hüften, feuerte mich an. Es gab etwas, das sie lustig fand, ich wusste nicht, was es war. Wenn ich fester zustieß als nötig, dachte ich, würde es irgendwann wohl aufhören, aber dem war nicht so. Sie kreuzte ihre Beine über meinem Hintern und presste sie zusammen. Sie wollte fester, aber ich konnte nicht fester. Darum lachte sie.

17

RONALD LEGTE SEINE FINGER AUF EINEN STAPEL BEDRUCKTER PAPIERE UND SCHOB IHN ÜBER DEN TISCH ZU MIR.

Er war der Jüngere der beiden, der Vitalere. Erst dachte ich, er hieße Roland; ein kleiner, aber sensibler Unterschied. «Das dürfen Sie behalten», sagte er.

Ich erwiderte nichts, ich hatte keine Frage gehört. Mit meinem Anwalt hatte ich vereinbart, nur dann etwas von mir zu geben, wenn mir eine Frage gestellt wurde. «Sie haben schon genug gesagt», meinte er, IJlerdink ist sein Name. «Mehr ist wirklich nicht nötig.»

Wir saßen in einem gleichartigen Zimmer wie diesem. Ein Tisch, Stühle, Kaffeebecher. An der längsseitigen Wand hing ein Heizkörper. Das Fenster darüber war breit und so hoch angebracht, dass man dadurch weder hinaus- noch hereinschauen konnte.

«Worum es jetzt geht, ist mehr ...», sagte IJlerdink. «Ich weiß nicht, wie man es nennen soll. Keine Anstiftung, das meine ich nicht, so bewusst geht es wahrscheinlich auch nicht. Aber worum es jetzt geht, denke ich jedenfalls, aufgrund meiner Erfahrung, ist mehr für Sie selbst, verstehen Sie, was ich meine?»

«Sie müssen ehrlich sein», sagte Bert, mit dem Arm und der Schulter zuckend. Ich hatte ihn in unterschiedlichen Outfits gesehen, aber er bewegte sich immer noch so, als hätte er lieber etwas anderes angehabt. «Sie sind nicht ganz ehrlich gewesen.»

«Ich bin ehrlich gewesen», sage ich.

Jetzt hatte ich doch etwas gesagt, ich konnte es nicht lassen, denn ich war ehrlich gewesen, und zwar gleich von Anfang an. Sie taten, als ob es nicht so wäre, aber so war es doch. Sie wussten längst alles. Sie hatten auch längst alles. Alles hatte ich erzählt. Was geschehen war. Wie es gegangen war, auf welche Weise. Alle Handlungen, alle Einzelheiten, alles was gesagt worden war. Wie es gewesen war, wie es sich angefühlt hat. Als ob ein anderer es getan hätte. Als ob mein Körper es getan hätte und ich hätte zuschauen müssen. Wie in einem Traum. Als ob man ein paar Stunden, nachdem man beschlossen hatte, nie wieder eine anzuzünden, sich auf einmal wieder rauchen sah, als ob man einen anderen ertappte und plötzlich begriff, dass man aus zwei Teilen bestand, wobei der eine Teil nicht notwendigerweise auf den anderen hören musste.

Der Kopf sagte nein. Der Kopf sagte immer noch nein. Auch nachdem der Körper übernommen hatte – laut, immer lauter sagte er nein, ein Schreien wurde es, ein Gellen.

Das wussten sie doch schon. Warum sollte ich auch lügen? Ich hatte kein Interesse an einer falschen Darstellung des Sachverhalts, an der Lüge. Es war unter meiner Würde, in diesem Stadium zu versuchen, noch einige mickrige Punkte für mich herauszuholen.

Ronald öffnete eine Mappe und holte ein Foto daraus hervor.

Ich kannte es. Ich hatte das Foto schon früher gesehen. Sie schoben es mir jeden Tag unter die Augen. Immer unerwartet und kurz, sodass ich keine Beziehung dazu aufbauen konnte, und das Bild jedes Mal die gleiche Wirkung auf mich hatte.

Sie war darauf in schockierendem Schwarzweiß, in schockierendem Tageslicht zu sehen. Offen. Die Beine, die Wunden, der Körper. Alles klaffte unter dem herabstürzenden Licht.

Ronald nahm das Foto zurück und steckte es weg.

Bert begann zum x-ten Mal mit einer Abhandlung über das Interesse der Angehörigen. Erst wenn sie genau wussten, was geschehen war, sagte er, konnten sie mit der Verarbeitung beginnen. Für Angehörige waren Geschichten mit einem offenen Ende am schlimmsten.

«Haben Sie schon mal an ihre Eltern gedacht? Denken Sie manchmal an diese Leute?»

«Ja», sagte ich.

Mehr brauchte ich nicht zu sagen.

Sie wussten, was Sache war. Ich hatte es ihnen erzählt. Natürlich hatte ich an ihre Eltern gedacht. Fortwährend. Dreizehn Jahre habe ich an sie gedacht. Das spricht für sich, das geht von selbst. Schrecklich muss es für die Leute gewesen sein. Ich durfte gar nicht daran denken. Niemand will, dass seinen Kindern etwas zustößt. Das ist das Letzte, was man will, alles hat man dafür übrig, sein Kind zu beschützen.

«Diese Leute», sagte Ronald, «haben das Recht, genau zu wissen, was geschehen ist.»

«Was wollt Ihr von mir hören?», sagte ich.

«Wir wollen wissen», sagte Ronald, «warum sie mitgemacht hat.» Langsam legte er seine Arme auf den Tisch und hob seinen Blick zu mir. «Warum machte sie mit?»

«Das hat sie nicht», sagte ich. «Ich sage nicht, dass sie mitgemacht hat. Das habe ich nie gesagt. Hier steht auch überhaupt nicht, dass ich das gesagt habe.»

«Jetzt schauen Sie sich mal an», sagte Ronald.

«Ich sage nicht, dass sie mitgemacht hat», sagte ich. «Ich sagte: Sie hat sich nicht gewehrt. Sie wehrte sich nicht mehr. Oder na ja, sie hat sich doch gewehrt. Natürlich hat sie das. Aber nicht in der Art, wie Sie immer sagen. Das habe ich gesagt. Dass sie sich nicht mehr gewehrt hat.»

«Warum hat sie mitgemacht?», fragte Ronald mehr an das Zimmer als an mich gewandt. Der ganze Raum füllte sich mit der Frage. «Warum denkst du das?»

«Sie hat nicht mitgemacht», sagte ich leise.

«Was?» Ronald beugte sich vor. «Was haben Sie gesagt?»

«Sie hat nicht mitgemacht», sagte ich, «das habe ich auch nicht so gesagt. Ich weiß nicht, warum Ihr das ständig wiederholt, aber es ist nicht so, so ist es nicht gewesen. Sie hat sich nicht gewehrt, das habe ich gesagt. Irgendwann hat sie aufgehört, sich zu wehren.»

18

BEIM EINDRINGEN IN DIE FRAU HANDELT ES SICH UM ZWEI DIREKT NACHEINANDER AUSGEFÜHRTE TRIEB-MOMENTE.

Der Penis, der in die Scheide dringt, ist das erste Moment. Gleichzeitig treibt die Scheide die Vorhaut über den Schaft zurück, sodass die Eichel in der Frau freigelegt wird und allein weiter vorzudringen scheint; eine Kapsel, die ihre Triebwerke in den Weltraum entlässt.

Es hat etwas von einem Spiel, es hat viele Anzeichen dessen, aber es ist ein ernstes Spiel. Es muss ja etwas auf dem Spiel stehen, sonst ist es kein Spiel mehr, sondern nur etwas, das dem vage ähnelt.

Die Eichel treibt weiter, immer tiefer, die Eichel treibt sich wie ein Arm in eine Kuh.

Endlich kannst du wieder Atem holen.

Ich hatte ein Kalb geholt.

Quer durch die Nacht und den Schlaf hindurch hatte ich die Kuh gehört, das Muttertier. Es waren Jahre vergangen, in denen ich kaum auf Signale reagiert hatte. Eine Kuh hatte mich das gekostet. Eine gute, vierzig Liter pro Tag. Seitdem behielt ich alles schärfer im Blick.

Ich zog mich an, nahm meine Sachen und ging hinaus auf den Hof, um den Arm das breite Plastik. Es hatte geregnet, ein kurzer Schauer auf das warme Land, der sommerliche Geruch von verdampften Bakteriensporen wehte durch die laue Dämmernacht.

Das Brüllen wurde lauter, je näher sie mich kommen hörte, lauter und angstvoller – das echte Schreien kam erst, als die Gefahr schon langsam wich.

Ich stellte mich schräg hinter sie, stemmte meine Schulter gegen ihren Hintern und steckte meinen Arm hinein. Das Erste, was ich fühlte, war ein dickes Bein, und sofort wusste ich genug. Dieses Kalb wurde keine Kuh. Das hier war eigentlich schon nicht mal mehr ein Kalb.

Bei einer normalen Niederkunft ließ ich mir Zeit. Bevor die Kuh ihr Kalb saubergeleckt hatte und die Hormone die Mutterliebe in ihr entfachen würden, trennte ich das Kälbchen von ihr. Es war etwas, woran man sich teilweise gewöhnte. Die Verrichtungen wurden gewohnt, wurden Automatismen, aber irgendwo blieb auch das Gefühl hängen, dass etwas nicht stimmte, wenn die Liebe zwischen Kuh und Kalb für einen Betrieb zu teuer war.

Ada las mitunter aus der Zeitung vor, wenn eine Kuh aus der Schlange des Schlachthauses gesprungen und geflüchtet war. Sie las von einer zu Tode gekommenen Bäuerin vor, einer Frau mittleren Alters, die unter eine wütende Kuh geraten war. «Sie wollte das Kälbchen versorgen», hatten sie geschrieben, aber das kam mir unwahrscheinlich vor. Sie kam das Kälbchen wegholen, und das nicht zum ersten Mal, für die Kuh jedenfalls einmal zu viel.

Ich rieb sie mit Stroh trocken, hob die Köpfchen an, wenn nötig, sorgte für die Biest- und die Trockenmilch. Während die Hufe langsam hart genug für die Gitter und die Böden im Stall wurden, hängte das Kalb mangels einer Mutter sein Herz an den Bauern.

Jetzt verstärkte ich meinen Griff um das verdickte Bein und zerrte das Tier mit Kraft aus dem Schoß der Mutter. Erst gab es einen Plumps, danach hörte man etwas knacken, als ob erst dann etwas brach, als das Kälbchen nach dem Schlag wieder ein Stück vom Boden hochkam.

Das Tierchen dampfte, ich zog es mit einer Schleimspur fort.

Ich wollte, dass daraus später eine gute Kuh würde, die viel Milch gab. Das Kalb hatte nahezu dasselbe Interesse, unsere Interessen liefen parallel, bis etwas dazwischenkam, die Natur, eine Krankheit, ein dickes Bein. Von dem Moment an gingen unsere Interessen auseinander. Das Kalb wollte immer noch leben, aber mein Interesse war jetzt, dass die Mutterkuh gesund blieb und die Produktion nicht darunter litt. Es gab keine Überschneidung mehr zwischen den Interessen, sie waren persönlich geworden.

Ich warf das schmutzige Plastik fort und spritzte mit dem Gartenschlauch den Kot aus den Profilen meiner Stiefel. Ich wusch mir die Arme bis über die Ellbogen mit Desinfektionsseife. In der Küche wurde es langsam heller. Auf dem Tisch lag eine rot gestreifte Decke. Darauf Teller, Gläser und Becher; alles war schon fürs Frühstück gedeckt.

Ich setzte mich und dachte an das letzte Mal, als wir Kalbfleisch gegessen hatten. Die Kinder mochten es schon fast nicht mehr.

Sie wurden groß. Was man oft hörte, stimmte. Die Kinderzeit verging viel zu schnell, sie flog vorbei, die Kinderzeit war nur ein Wimpernschlag.

Damals war der Tisch auch ordentlich gedeckt. Die Kinder saßen sich gegenüber, ohne zu schreien, sogar ohne zu reden. Ein Gespräch wäre auch schwierig gewesen, weil Ada vom Herd zum Tisch hin und her lief, während sie telefonierte.

«Ja, Ans», sagte Ada, «doch, das können sie sagen. Natürlich können sie das sagen. Ich verstehe es irgendwo ja auch. Wenn ich es getan hätte, würde ich bei einer DNA-Untersuchung natürlich auch nicht mitmachen. Logisch. Aber das bedeutet doch nicht, dass man davon absehen soll!»

Ich wurde unruhig von der Energie, die die Neuigkeit ihr gab, der Energie, die jedes Mal frei wurde, begeistert in die Leute kroch; ihre energische Eintracht. Ich wurde unruhig von der Art, wie Ada morgens zu den Nachbarn lief, sofort nachdem sie die Kinder zur Schule gebracht hatte, die Zeitung in der Hand. Auf Fußspitzen ging sie, den Zehen, mit kleinen Sprüngen, als ob sie sich jung fühlte.

Der Fall langweilte nie, im Gegenteil, es funktionierte umgekehrt. Die Leute redeten gern. Je mehr sie über etwas redeten, desto mehr wurde darüber geredet – der Klatsch nährte sich selbst. Unter diesen Umständen wuchs er wie Mais.

Jeden Morgen freuten sich die Frauen auf den Austausch, in den müden Augen ein Funkeln. Eine Kraft, eine Lebenslust. Als ob die Energie schon immer da gewesen wäre, schon immer über der Welt gehangen hätte wie eine Gewitterwolke auf der Suche nach einem Punkt, in dem sie sich entladen konnte.

Ein Blitz, zwei oder drei hintereinander, und alle Lichter waren an. Eins nach dem andern, wie die Laternen an einer langen Straße.

Schneller als man durch eine Straße radeln konnte, hatten die Bewohner die Lichter angemacht.

Eine zusammenballende, sich aufbauschende Energie, stellte ich mir vor, der ein paar weiße Luftballons nicht genügten. Jeder Tag sei ein Tag gegen sinnlose Gewalt, hatten sie gerufen, woraufhin die Energie sich einen Weg zum Asylbewerberheim gebahnt hatte.

Die Fotos später in der Zeitung, in der Nacht geschossen. Asylbewerber im Gras, auf Decken um Taschen und Kinder herum. Feuerwerk, kleine Brände, medizinische Versorgung.

«Ich heiße es nicht gut», hatte Ada gesagt. «Natürlich nicht. Gewalt ist nie eine Lösung für etwas. Aber verstehen kann ich es.»

Jetzt bedeutete sie mir mit einer schnellen Augenbewegung, dass ich mich hinsetzen konnte, während sie in den Hörer sagte: «Das können sie doch nicht einfach ohne Weiteres entscheiden!»

Friso reagierte nicht auf meinen Gruß, das musste ich nicht persönlich nehmen. Er meinte es nicht so, es war nicht gegen mich gerichtet. Der eine war etwas mehr nach innen hin orientiert, der andere etwas mehr nach außen. Sein Mund war ein Strich, ein Stirnrunzeln legte das Teenagergesicht in Falten. Ein sanfter Mensch. So sanft sah man sie selten.

«Hi, Papa», sagte Suze.

«So mir nichts, dir nichts damit einverstanden sind wir ja auch nicht», sagte Ada. Sie drehte die Gasflamme aus. «Ich denke, das sind wir nicht!»

Suze neigte den Kopf zu meiner Schulter, nicht tatsächlich, dafür war die Entfernung zwischen uns zu groß, sondern in der Luft, als Geste.

«Das letzte Wort in der Sache ist noch nicht gesprochen», sagte Ada – sie trug einen heißen Topf mit Kartoffeln, der mit knapper Not auf einem Untersetzer landete. Sie drehte sich um: «Erst telefoniere ich noch etwas herum. Ich muss jetzt auflegen, ich habe die ganze Bande Ausgehungerter am Tisch. Ja? Du hörst dann noch von mir, gut?»

Sie legte das Telefon weg, wartete ein Weilchen und schüttelte den Kopf. «Herrgott noch mal», sagte sie.

«Was ist denn, Mama?»

«Hast du das gehört?», fragte Ada.

«Mama.» Suze schaute etwas beunruhigt.

«Nichts», sagte Ada. «Nichts für Kinder jedenfalls.»

Sie begann aufzutun, die Kartoffeln zuerst. «Glaubst du das?», fragte sie nah an meinem Ohr. Und danach, noch lauter: «Glaubst du das?»

Ich habe ihr dann einen kleinen Schubs gegeben. Einen Schubser. Nicht wegen des Inhalts, den kannte ich noch nicht, sondern wegen der Lautstärke gab ich ihr einen Schubs.

Sie schaute mich an, endlich still.

«Du sprichst ein wenig laut», sagte ich.

«Ach, entschuldige», sagte sie. «Entschuldige, dass ich mal was zu dir sage.»

Die Anwesenheit von Kindern verleiht Menschen eine selbstsichere Kraft. Die Anwesenheit von Kindern ist ein Gleichmacher, ein Nebeneinanderstellen, ein Schutzschild. In der Nähe von Kindern sind alle gleich, jung und alt, stark und schwach.

«Man kann sich auch leise mit etwas beschäftigen», sagte ich. «Es muss nicht so laut sein.»

«Papa», sagte Suze.

«Die DNA-Untersuchung findet nicht statt», sagte Ada. «Das höre ich gerade. Das bekomme ich gerade zu hören. Und ja», setzte sie hinzu, «das bringt mich in der Tat etwas auf die Palme.»

Sie presste ihr Kinn gegen den weichen Hals, stemmte die Hände in die Seiten und betrachtete uns, sie verwandelte uns in Publikum, sie missbrauchte die Zusammenkunft.

«Und das ohne jede Rücksprache. Sondern einfach zack-bumm, hier habt ihr unsere Entscheidung, und jetzt seht zu.»

Friso hatte die gleiche Haltung wie ich angenommen. Die gleichen langen Arme beinahe lustlos ineinander verschränkt, ein Gesicht, das Geduld ausdrückte, wenn auch vielleicht eine militante Geduld von der Art, die auch einmal in etwas anderes umschlagen konnte.

Die Kartoffeln waren mehlig. In der Natur gab es kein Gut und Böse, sondern nur Kraft und Schwäche. Die Birke nahm dem Holunder das Licht, bis er verdorrte, weil sie leben wollte. Das Böse steckte im Leben, das Leben war das Böse.

Suze stach mit ihrer Gabel in ein Stückchen Fleisch und führte es zum Mund, die Unterarme berührten den Tisch fast nicht, während Friso, der sein Fleisch schon halb aufgegessen hatte, beim Kauen schnaufte und schmatzte, sein Kopf hing über dem Teller.

Ich kaute mit geschlossenen Augen, mit Genuss. Es

gab keinen Täter, kein Opfer, keine Schuld. Es gab Fleisch und das Bedürfnis nach Fleisch. Interessen waren aufeinandergetroffen.

19

EINST HATTE ICH EIN MANN SEIN WOLLEN, DER MANN EINER FRAU. Ich wusste nicht, dass ich die ganze Zeit auch die Sehnsucht nach einer Tochter in mir getragen hatte.

Aber sie war da, war schon die ganze Zeit einfach da gewesen, oder sie war genau gleichzeitig mit Suze geboren worden.

Ich kniete im Badezimmer; Kinder soll man möglichst in ihrer Augenhöhe ansprechen, auch wenn sie nicht mehr so ganz klein sind; ich habe damit bis zum Ende der Grundschule weitergemacht, eine schöne Grenze.

Ich legte meine Hände auf ihre Hüften. Ich fühlte die Oberschenkel, ich kniff in die Arme und den kleinen Popo. Wenn man sich Mühe gab, konnte man durch das weiche Gewebe hindurch den Beginn einer Muskelentwicklung fühlen, aber was auffiel, war, dass das Weiche verschwand, als ob sich der Körper sämtliches Fett entzog, um möglichst stark in die Länge zu wachsen.

Sie verdrehte die Augen, sie schämte sich manchmal

schon für sich, die ersten Anzeichen wurden merkbar. Schnell vor dem großen Spiegel wegspringen zum Beispiel, wenn man ankam, als ob das Spiegelbild einen Beweis für irgendwas dargestellt hätte.

Sie trug ein weißes Unterhemd, das gut auf ihrer braunen Haut aussah.

«Hoch», sagte ich. «Hände hoch.»

Als sie mich anblickte, sah ich mich in ihren Augen wieder – ihre Augen waren das Spiegelbild von meinen. Ich hörte es mich noch sagen, oder vielleicht habe ich es auch nur gedacht: Ich hoffe, dass es ein Mädchen wird, ich hoffe, dass sie meine Augen bekommt, aber mehr auch nicht, alles Übrige braucht sie nicht unbedingt von mir zu haben.

Mein Wunsch ist in Erfüllung gegangen, ich habe bekommen, was ich wollte.

«Die Arme hoch», sagte ich. «Hände hoch, oder ich schieße!»

Sie gab mir einen Schubs mit ihrer Schulter – «Papaaa!»

Ich streifte ihr das Unterhemd über die Arme, knüllte es zusammen und warf es aus einiger Entfernung in den Wäschekorb. Danach legte ich meine Hand groß auf ihre Brust. Ich fühlte den Herzschlag und die Atmung. Meine Finger kribbelten von der unverbrüchlichen Liebe, mit der die Natur ihre Kinder an ihre Väter bindet.

Manchmal kroch sie nachts aus dem Bett und schlich

ganz leise, um Ada nicht zu wecken, die fand, sie sei hierfür schon viel zu groß, auf Händen und Füßen zu meiner Seite des Bettes, wo ich die Decke für sie schon aufgeschlagen hatte, sodass sie schnell und ungesehen zu mir ins Bett schlüpfen konnte.

Alles ging geschmeidig, jede Handlung schien eingeübt, alle Bewegungen verliefen so gut wie synchron: Ich legte mich auf den Rücken, sie kroch auf meine Brust und legte eine Wange auf meine Schulter. Ich schloss die Arme um sie und steckte meine Nase in ihr Haar.

Oft schlief sie sogar noch kurz ein, den Daumen im Mund, sich mit meinem Atem auf und ab bewegend.

Sie war gewachsen.

Sie wuchs weiter.

Sie war nicht mehr wie Wachs in meinen Händen. Immer öfter, wenn sie in unser Schlafzimmer kam, musste dringend etwas geschehen, damit sie ihre Energie abreagieren konnte. Sie wollte spielen, lernen, rennen, von der Treppe nach unten und danach wieder so schnell wie möglich zurück nach oben, während ihr kleiner Bruder uns vom Flur aus beobachtete.

Sie wollte springen, mit den Knien auf den schlafenden Leib des Vaters, am liebsten vom Fußende aus.

«In welchem Alter bekommen Mädchen eigentlich Brüstchen?» Ich schaute hoch, zu Ada, die konzentriert vor dem Spiegel stand. «Ada, weißt du das? Ist es schon beinahe soweit? Gar so lange kann das doch nicht mehr dauern, oder?»

«Papa!», rief sie und schlug mich auf die Schulter, ein Klaps aus kaum gespielter Empörung. «Tu nicht so doof!»

Ich legte eine Hand auf ihren Rücken und drückte sie an mich, damit sie kurz die väterliche Kraft spüren konnte, in der Kinder wehrlos sicher sein können.

Danach zwängte ich meine andere Hand zwischen uns und legte sie wieder auf ihre Brust, die Fingerspitzen zwischen die kleinen Rippen. «Aber sicher bekommst du auch Brüstchen», sagte ich, «aber sicher bekommt mein kleines Mädchen auch Brüstchen!»

«Deine Haare müssen auch gewaschen werden», sagte Ada, ohne vom Spiegel hochzuschauen. Sie hatte jetzt kurze, braun gefärbte Haare. Braun mit etwas Rot dazwischen. Ringsum waren die Haare kurz geschnitten, auf dem Kopf standen spitze Büschel hoch und vorne hing eine etwas längere Locke, die schräg zur Seite gekämmt und mit Haarspray eingesprüht wurde, sonst hing sie ihr vor den Augen. Es gab mehrere Frauen mit dieser Frisur. Bei dem Friseur, wo Rosalinde früher gearbeitet hatte, konnten sie den Andrang manchmal nicht mehr bewältigen.

«Nein», sagte Suze. «Haare waschen muss nicht sein, das habe ich erst vor ganz Kurzem getan.» Halb gespielt zog sie einen Flunsch, sie stülpte ihre Unterlippe so weit nach unten, dass man auf der Innenseite dünne blaue und rote Äderchen sah.

Die Vaterschaft war ein Geschenk. Das Geschenk des

Lebens. Auf einem Gesicht verfolgen zu dürfen, wie ein Kind allmählich anfing, an das eigene Spiel zu glauben, wie der gespielte Verdruss sich langsam in echten Verdruss verwandelte.

«Warum muss ich mir immer die Haare waschen?»

Ada reagierte nicht. Sie kannte die Klage, sie hörte sie öfter. Sie schminkte sich, sie hatte eine Versammlung in De Dorelaer. Das Dorf forderte Aktivitäten von Justiz und Polizei, denn was bisher unternommen oder vielmehr unterlassen worden war, sah nicht einmal nach Fahndungsarbeit aus, sondern eher nach Schutz der Asylbewerber, ihrer Unterstützung – alles zusammengenommen sah es mehr wie ein Vertuschen als wie eine anständige Ermittlung aus.

«Wann wurden ihre Haare das letzte Mal gewaschen, Ada?»

Ich musste an die Hypothek denken, wenn ich sie sah, an Zinsen und Kredit. Mit der neuen Frisur, der gestreiften Bluse, dem Make-up und der Hose sah sie aus wie eine Mitarbeiterin der Rabobank.

«Ich will nur dann Haare waschen, wenn Papa es macht.»

Suze trug kein Hemdchen mehr, nur eine hellgrüne Unterhose mit einer roten Schleife am Bund. Auf einer Hüfte hing die Unterhose etwas tiefer; im Sommer, konnte man sehen, war ihre Haut mindestens vier Stufen dunkler. «Gehst du dann auch in die Wanne, Papa?»

«Nein, Schatz», sagte ich, während ich sie aus ihrer Unterhose steigen ließ, «das weißt du, das haben wir doch besprochen. Das kannst du selbst, dazu bist du schon ein viel zu großes Mädchen.»

Ich pikste sie in den Bauch.

Sie lachte, wir lachten miteinander, zusammen, hinter dem Rücken Adas, die ihr Gesicht fast an den Spiegel gepresst hatte, um ihre Lippen, deren Konturen sie schon nachgezogen hatte, mit rotem Lippenstift zu färben. Wir lachten unter dem wachsamen Blick von Friso, der auf der Treppe sitzenblieb und das Familienleben manchmal aus einiger Entfernung beobachtete.

«So», sagte ich und legte meinen Finger kurz auf ihre Nasenspitze. «Die Wanne ist schon schön voll, es ist Zeit, dass dieses schmutzige Ferkelchen mal richtig gewaschen wird.»

Ada drehte den Lippenstift in den Halter zurück und betrachtete sich nochmals selbst. Sie spitzte die Lippen, rieb sie einige Male übereinander und schmatzte. Durch den Spiegel sagte sie: «Ich weiß aber noch nicht, wie spät ich heute Abend wieder zurückkomme.» Danach drehte sie sich um. «Na, wie sehe ich aus? Gefällt es euch? So kann ich doch gehen, oder?»

«Schön», sagte Suze, «du bist schön, Mama.»

«Ist doch gut so, nicht?»

«Sicher», sagte ich. «So kannst du sicher gehen.»

Ada gab Suze einen raschen Kuss auf den Kopf,

verließ das Badezimmer und tippte Friso im Vorbeigehen gegen die Wange, bevor sie die Treppe hinunterging.

Ich ging ins Schlafzimmer, um aus dem Fenster zu sehen. Der warme Abend zog still über die Felder. Hoch in der Luft kreisten Schwalben.

Aus dem Badezimmer tönte es: «Wäschst du mir jetzt die Haare, Papa? Wäschst du mir jetzt die Haare?»

«Suze», rief ich. Etwas zu schnell und zu tadelnd, im Nachhinein gesehen. Ich sprach ihren Namen aus, als wäre mir ein Fluch herausgerutscht. «Suze, du weißt, was wir miteinander vereinbart haben.»

Mit einer Hand gegen ihre Frisur drückend, stieg Ada ins Auto. Den Sicherheitsgurt angelegt, die Spiegel eingestellt, erst danach startete sie den Motor. Vorsichtig fuhr sie rückwärts die Auffahrt hinunter, auf die Straße und gleich bei Derksen nach links, um Ans abzuholen.

20

ICH GING NACH OBEN, JEDER SCHRITT TRAF DIE TREPPE WIE EINE ENTSCHEIDUNG.
Wenn man Eines sicher wusste und es nur dieses Eine gab, konnte einen auch eine Gelassenheit überkommen, Besinnung, Ruhe. Wenn alles mit allem zusammenfiel, was beinahe nie geschah, konnte auch alles gegen alles aufgerechnet werden und unter dem Strich blieb nichts übrig. Als ob man geträumt hätte, als ob man weggewesen war, nicht dabei gewesen, nicht echt, allenfalls noch körperlich.

Von der Treppe zum Schlafzimmer waren es drei Meter.

«Du», sagte Ada. «Immer mit der Ruhe. Die Kinder schlafen.»

Ich antwortete nicht, ich hatte kein «Bitte» gehört. Die Stimme gefiel mir nicht. Die Tonhöhe. Es war die Stimme von jemand, die es besser zu wissen glaubte als derjenige, von dem sie alles gelernt hatte. Aufgenommen hatte ich sie. Aufgehoben. Vom Boden. Wie einen Nestflüchter. Ich hatte meine Hand nach einer Bittstellerin ausgestreckt, und sie hatte sich an dieser Hand hochgezogen. Sie hatte sich den Staub aus den Kleidern geklopft und war in mich geschlüpft. Das alles konnte man noch angehen lassen. Aber sie sollte sich nicht auf meine Schultern stellen und hinabrufen, ich stünde unter ihr.

Der Overall fiel von mir ab, ich war nackt darunter, und als ich einmal nackt war, der Overall lag auf dem Boden, sagte ich: «Sie haben Hassan festgenommen. Endlich. Ich höre es gerade, es kam gerade in den Nachrichten.»

Ada setzte sich auf. Sie rieb sich die Augen, langsam wurde sie wach. «Wie spät ist es?», fragte sie. «Sag mal, geht es dir noch gut?»

Im Zentrum von Istanbul, in einem Festsaal auf einer Etage eines schlechten Gebäudes, so einem vollen Festsaal mit einer niedrigen Decke, wie man sie manchmal im Fernsehen sah, wenn es zufällig Bilder von dem Augenblick gab, als die gemeinsam auf und ab hüpfende Masse durch den Boden brach und im Keller des Gebäudes verschwand, war auf der Hochzeit seines Bruders ein türkisches Sonderkommando hereingestürmt, um sich schwer bewaffnet auf Hassan zu werfen.

«Aber es war der falsche Hassan», sagte ich. «Schade. Es gab zwei, das war ihnen nicht klar gewesen. Zwei Hassans, einen dicken und einen dünnen. Sie hätten den dünnen haben müssen, aber das hat leider nicht funktioniert, sie haben aus Versehen den dicken gefasst.»

Ich nahm die Bettdecke und zog kurz daran.

«Au», sagte sie. «Verdammt, du tust mir weh.» Sie steckte sich die Finger in den Mund.

Ich sah meine Frau, meine Welt, meine in die Breite gehende, schwabbelige Wahrheit. Ich sah, dass sie nicht sonderlich schön war und auch nicht sehr attraktiv, was es mitunter auch gab, dass sie nicht schön waren, aber wohl attraktiv.

Es war egal. Niemand hat sich selbst gemacht. Jeder ist anders, jeder Mensch, obwohl es mehr, viel mehr Übereinstimmungen als Unterschiede gibt, das Verhältnis muss irgendwo bei achtundneunzig zu zwei Prozent liegen.

Wenn sich die Leute selbst machen dürften, würden sie keine Menschen mehr machen, die sich nach Dingen sehnen, die sie nicht wollen. Unter beinahe jedem Wunsch liegt die Sehnsucht nach dem Gegenteil. Die Wünsche existieren zusammen, gleichzeitig, miteinander; jede Sehnsucht untergräbt sich selbst.

«Hassan», sagte ich. «Der falsche Hassan. Den kennst du doch?»

Ich fasste sie an den Fußknöcheln und zog sie in einer Bewegung zu mir, bis ich an beiden Seiten ein Bein neben mir hatte.

«He!», rief sie.

Ich wollte erst schauen. Wie ich auch in Rosalinde geschaut hatte. Ich wollte schauen, auf meine Frau, das Wasserbett aus wogendem Fleisch. Ich schaute in sie, in ihr untiefes Fleisch, ich sah das Kraushaar, schlecht rasiert, schlecht gewaschen, ich roch sie.

Ada sah mich an, die Brüste neben sich auf der Matratze.

Es folgte ein eindringlicher Blick zwischen einem Mann und einer Frau, ehelich miteinander verbunden.

«Tille», sagte sie. «Herrgott noch mal.»

Sie wollte aufstehen, aber ich hielt sie noch ein Weilchen kräftig fest.

Die Kraft hatte Rosalinde auch erstaunt.

Sie hatte sich darüber gewundert.

Das Blut war ihr aus dem Gesicht gewichen.

Sie begriff, dass es keinen Weg zurück mehr gab. Dass nichts mehr ungeschehen gemacht, nichts mehr gelöscht werden konnte. Es war der Moment, in dem sie beschloss, ihren Verlust, ihre Niederlage hinzunehmen. Den Verlust. Den großen Verlust. Mehr Verlust, als nötig gewesen wäre, als es gebraucht hätte, unersetzlich viel mehr, das Leben, ihr Leben, die lebende Seite einer Person, eines Menschen, eines Mädchens noch, einer jungen Frau fast, um kurz darauf, als sie in sich selbst bis zu einer Tiefe hinabgesunken war, wo die bereits aufgegebenen Seelen ruhen, noch ein Mal, wie in der Post-Credit-Szene eines Horrorfilms, der Abspann lief bereits, kratzend und kreischend aus sich selbst hochzukommen.

Ada war ins Bad gelaufen, über die Bettdecke stolpernd, eine Hand der Türklinke entgegenstreckend, einen Arm schräg vor ihrer Brust. Sie machte eine Darbietung daraus, ein Theater. Es war Spiel, Teil des Spiels, ernsthaft vielleicht, aber ich würde nie etwas gegen ihren Willen tun. So war es nicht, man durfte Ursache und Wirkung nicht umkehren.

Ich seufzte einige Male tief. Ich relativierte. Das habe ich immer getan. Ich ging zum Bad, zog die Tür auf und stellte mich in die Türöffnung, im Rücken das grelle Flurlicht, sodass Ada hauptsächlich meine Silhouette sehen musste.

«Tille», sagte sie, in das Licht blinzelnd. Sie spuckte Zahnpasta ins Waschbecken. «Herrgott noch mal, hör doch mal damit auf. Ich finde das nicht lustig.»

Ich wollte sagen: halb so schlimm. Ich werde vorsichtig sein, wollte ich sagen. Ich sagte: «Ich werde vorsichtig sein.»

«Nein», sagte sie. «Schluss jetzt.» Sie spülte ihre Zahnbürste unter dem Wasserhahn ab. «Wir reden noch mal darüber, aber jetzt will ich ins Bett.»

Die Angst meiner Frau irritierte mich. Es gab keinen Grund dafür. Ich wusste, wie Angst aussah. Ich hatte die Angst gesehen. Mehr als für einen Mensch gut war. Viel mehr. Es war zu viel für eine Person. Zu viel zu tragen. Zu viel zu sehen. Viel zu viel. Es war die Angst eines ganzen Dorfes, einer ganzen Stadt, konzentriert in einer Person. So viel Angst vergaß man nie mehr, selbst wenn man wollte, selbst wenn man sich Mühe gab. Wer so viel Angst gesehen hatte, war fürs Leben gezeichnet. Also glaubte ich das hier nicht, das hier war keine Angst, höchstens ein wenig Unbehagen. Sie brauchte keine Angst zu haben, aber sie tat es doch; sie machte einen Unschuldigen schuldig wegen Nichts.

«Lass uns noch mal von vorn anfangen», sagte ich. «Das hier geht völlig in die falsche Richtung so. Ada, Tille hier» – ich beugte mich leicht zu ihr hin –, «kennst du mich noch?»

«Tille, hör auf», sagte sie, «lass mich jetzt endlich in Ruhe.»

Wieder beugte ich mich zu ihr. «Man soll nicht weinen, bevor man Schläge bekommt», sagte ich. «Das hat meine Mutter immer gesagt. Man soll nicht weinen, bevor man Schläge bekommt. Das nervt.» Ich richtete mich auf und drehte mich um. «Und so ist es auch. Es nervt wirklich.»

Ich weiß nicht, zu welchem Zeitpunkt genau die Kinder aus dem Bett gekommen sind und im Flur standen, um uns zuzusehen. Wie viel von der Darbietung sie mitbekommen haben. Sie haben später auch nie etwas dazu gesagt. Aber dem Ausdruck auf ihren schläfrigen Gesichtchen, dem Maß an Bestürzung, das in ihren Augen lag, konnte ich entnehmen, dass es so schlimm nicht war. Ada hatte es auch gemerkt. Ein kurzer Augenkontakt genügte, um wechselseitig zu verstehen, was in diesem Fall das Beste war. Luft. Wir brauchten Luft. Wir mussten es luftig halten. So luftig-leicht wie möglich. Es war immer das Beste, es möglichst lange luftig zu halten, denn es war meistens gar nicht mal die Erfahrung selbst, sondern vor allem die elterliche Reaktion darauf, die die Kinder beschädigte.

Man erschrak natürlich schon.

Die Kinder auf dem Flur.

In Nachthemd und Pyjama, die Haare zerzaust, die Gesichter halb hinter Kuscheltieren versteckt. Nebeneinander, allerdings nicht ganz. Einen Fuß hatte Friso vor den Füßen seiner Schwester auf den Boden gestellt. Er fragte: «Was ist mit Mama?»

III

HERBST

21

IM HERBST VERSAMMELN SICH DIE STARE IN DEN HINTEREN BÄUMEN, JEDES JAHR DIESELBE GRUPPE.
Ans klagte über Lackschäden, eine Starenplage. Im Handumdrehen, sagte sie, mit einem Flügelschlag, sagte Friso, legten die Stare einen weißen Teppich über den Hof, die Scheune, die Häuser, Maschinen und Autos. Es blieb keine Beere oder Traube mehr an den Sträuchern oder der Pergola. Aber wenn ich das erste Wölkchen Stare des Jahres über mich hinwegwehen spürte, beschlich mich jedes Jahr wieder das Gefühl, dass sie eigens wegen uns gekommen waren, zu uns, weil es unsere Stare waren, sie gehörten hierher.

Bei Tisch sah ich jeden einzeln kurz an, das Besteck zu beiden Seiten des Tellers in den Händen, nach oben zeigend. «Sie sind wieder da», sagte ich ein wenig feierlich, als handle es sich um eine wichtige Mitteilung. Nicht dass es sie interessiert hätte, aber das würde noch kommen, später, für Interesse galt es zunächst, eine gute Grundlage zu schaffen.

Ich erzählte ihnen, dass die Stare ein paar Monate bei uns bleiben würden, bevor sie zum Überwintern nach

England weiterzögen. Dafür bekämen wir zeitweise die Stare aus Osteuropa zurück, zwar etwas dicker und weniger zierlich als unsere, aber das sei nicht schlimm, darum ginge es nicht. Die deutschen Stare überwinterten in Irland, die skandinavischen in Frankreich, und so weiter. Alle Stare machten mit, jeder rückte etwas nach, sodass niemand sehr weit zu fliegen bräuchte. Wie eine Welle migrierten die Stare jährlich über den Kontinent, hin und her wie Ebbe und Flut.

Nach dem Essen begann Ada mit dem Abwasch und wir zogen unsere Stiefel an. Es war dunkel, aber ab und zu blies der Wind die schwarzen Wolken auseinander und das Licht leuchtete über dem Feld noch einmal hellblau auf. Sie hatten neue Federn bekommen, die alten waren abgeschüttelt. Die neuen Federn hatten weiße Punkte, aber die konnte man jetzt nicht sehen.

Der Stall schmatzte, seufzte, rülpste. Unter den Bäumen klatschte ich mehrmals laut in die Hände. Vor Schreck flogen die Stare in gespenstischen Massen zeitgleich aus dem Geäst. Später sahen wir sie tief über das Land fliegen und wieder hoch aufwirbeln, sie zeichneten die schönsten Formationen an den Himmel, wie ein Wesen, ein Körper, immer die Form ändernd, ein wirbelnder, sich drehender Strudel.

Man brauchte eine gewisse Distanz, um zu sehen, wie schön die Formen waren, die sie an den Himmel zeichneten. Die Stare selbst konnten sie nicht sehen, die behielten lediglich an die sieben Artgenossen im Auge, die ihnen am nächsten waren.

Vielleicht schufen Menschen ja auch schöne Formen miteinander, ohne das selbst zu sehen. Es war nicht auf Anhieb einleuchtend, aber ausschließen konnte man es nicht. Vielleicht sah das menschliche Gewimmel ja auch schön aus, wenn man es beispielsweise aus der Perspektive des lieben Gottes betrachtete, und er unternahm aus diesem Grund nie etwas.

22

MEIN VATER MAGERTE AB.

Er hatte immer eine runde Physiognomie gehabt. Aber jetzt war ein wichtiger Teil derselben verschwunden, in Rauch aufgegangen; die Wangen, das Doppelkinn, das Fett aus den Augenlidern und den Ohrmuscheln. An deren Stelle getreten war ein mageres Gesicht. Unter dem Fett hatte sich immer ein länglicher Schädel versteckt.

Es hatte mit dem Alter zu tun. Der Zahl der Jahre, bis die Lebenserwartung einen holen kam. Manche Menschen gingen lange bevor sich die Lebenserwartung anschickte, auf die Uhr zu sehen. Andere hätten der Lebenserwartung zufolge längst nicht mehr da sein brauchen und lebten doch weiter, in anderer Leute Zeit.

«Ich glaube, die hier haben ein klein wenig nasse Füße bekommen», sagte Ada und schaute betreten auf den Kaffee, der über den Rand in die Untertassen geschwappt war.

«Ach, Kind», sagte Vater. «Mach dir meinetwegen doch keine Mühe.» Seine Augen schwammen vor wässrigem Selbstmitleid. Schön war es nicht, ungestraft konnte ein Mensch nicht sein ganzes Leben lang unzufrieden bleiben. «Salzig, süß, sauer, äh ... Ich schmecke nichts mehr.» Er schüttelte den Kopf. «Dein Geschmacks-, dein Geruchssinn ... Es bleibt nicht mehr viel übrig in diesem Alter.»

«Gib mir eine Serviette», sagte Mutter. Sie sah gut aus, relativ. Ausgeruht, wenn man es mit früher verglich. Manche Frauen, nicht alle, lebten auf, wenn ihr Mann abbaute, so als sähen sie die unbekümmerten Jahre nach seinem Tod schon vor sich.

Wo war die Verantwortung? Wo hielt die sich versteckt? Im Herzen, im Kopf, bei der Seele oder im Gedächtnis? Oder in den Zellen, dem Gewebe? Wie lange dauerte es, bis alle Zellen im Körper durch neue ersetzt waren? Bis man faktisch ein Bündel aus neuen Zellen geworden war? Sieben Jahre in etwa?

Die sieben Jahre waren längst verstrichen. Sicherheitshalber noch ein paar Jahre dazu und in meinem Körper steckte keine einzige Zelle mehr, die noch eine eigene Erinnerung an das Geschehene haben konnte. Keine einzige Zelle in dem Bündel, das Tille Storkema hieß, war dabei gewesen. Sie wussten es nicht, die Zellen, sie konnten es nicht wissen, sie waren nicht mitschuldig, sie trugen keine Verantwortung.

«Aber schmecken tut er?», fragte Ada. «Ich nehme jetzt immer zwei Pads statt einem.»

«Gleich fängt es an», sagte Vater.

Ich schaltete den Fernseher ein.

Es gab Werbung.

Junge Frauen in weißen Blusen und Röcken mit umgebundenen Schürzen bissen mit strahlenden Zähnen in appetitliche Käsewürfel. Im Hintergrund graste saubergebürstetes Schwarzbuntes auf einer blumigen Wiese. Landschaftsdekoration. Bei der Genossenschaft überlegten sie, den Weidegang zu subventionieren, das Land sollte auch künftig den Fotos auf den Milchverpackungen gleichen, damit die Konsumenten und die asiatischen Touristen nicht erschraken.

«Ich verstehe nicht, dass diese Reklame immer so gotterbärmlich lange dauern muss», sagte Mutter. «Das ist doch nicht nötig, das irritiert die Kunden doch nur!»

«Ach, Mensch», sagte Vater, «du bist verrückt nach Reklame.»

«Bin ich überhaupt nicht», sagte Mutter. «Ich bin überhaupt nicht verrückt nach Reklame. Wie kommst du denn darauf? Ich beklage mich doch gerade immer, dass sie so lange dauern muss. Man hat schon keine Lust mehr auf seine Sendung, so lang wie sie dauert. Schreibt doch ins Programmheft, dass es zehn Minuten später anfängt, dann braucht man nicht so darauf zu warten.»

«Du bist verrückt nach Reklame», sagte Vater, «verrückt nach Reklame bist du. Kaum ist etwas im Angebot, kannst du gar nicht schnell genug in den Supermarkt rennen.»

«Ich kann wenigstens rennen», sagte Mutter.
«Gleich fängt es an», sagte Ada.
«Ja», sagte Vater und nickte. «Gleich fängt es an.»
Ich setzte mich aufs Rad. Das war meine persönliche Verantwortung. Wer in Frieden leben will, braucht friedliche Gedanken. Wer Frieden mit seinen Gedanken will, muss seine Gedanken ordnen. Auf dem Fahrrad konnte ich das, alle Gedanken ordnen. Radeln. Weiterradeln. Eine lange, beträchtliche Strecke, die mir viel abverlangte; die Stadt in der Ferne.

Ich setzte mich öfter aufs Rad. Das war nichts Besonderes. Manchmal fuhr ich in die Stadt und wieder zurück, oder zum Watt, fast genauso weit. Es lag auch am Wind. Nie war irgendwas passiert. In all der Zeit. Ein einziges Mal hatte ich eine unschöne Erfahrung mit einer Nutte gemacht. Sie kam mir hinterher. Ich saß schon fast wieder im Sattel. Sie fand, ich hätte noch nicht genug bezahlt.

Die Reklame war durch, die Sendung begann, Paukenschläge, Bilder von verdächtigem Gestrüpp folgten, von städtischem Grün, Straßen, schlecht beleuchtet und ohne eine Menschenseele. Mit hoher Geschwindigkeit fuhr ein Polizeifahrzeug durchs Bild. Sirenen, Farben, viel Rot. Eine Moderatorin in blauem Kostüm, ein silbergraues Pult.

«Es fängt an», sagte Vater und rieb sich über sein fehlendes Bein, im Gesicht eine gepeinigte Grimasse, das Loch in der Wirklichkeit erfuhr vom Oberschenkel bis zum Fußknöchel und den Zehen eine Berührung mit den Fingerspitzen, als gäbe es auch Phantomfußpilz.

«Still», sagte Mutter.

Ich fuhr durchs Dorf, allein, den Kopf voller Sorgen. Ich sah es mich tun. Sie war auch auf dem Rad. Es war kälter als erwartet. So eine Nacht, in der man die falsche Jacke anhat. Auch sie fuhr allein. Es war nicht relevant, warum sie das tat. Was sie tat oder was sie dachte. Sie radelte. Es war ihre Verantwortung.

Es war Zufall, dass ich dort fuhr. Meistens kam ich dort nicht vorbei. Ich hätte auch nicht aufs Rad steigen können, ich tat es öfter nicht, als dass ich es tat, ich hatte keine festen Zeiten dafür. Es war auch Zufall, dass sie dort fuhr. In diesem Augenblick. Dass sie allein war. Normalerweise radelte sie nie allein, sondern immer mit einer Gruppe von Freunden oder Freundinnen.

Wir hatten uns beide zufällig auf den Weg gemacht, aber nachdem das einmal geschehen war, wurde es unvermeidlich, dass wir uns begegnen würden.

Im Fernsehen erinnerte ein Mann an das Kopfhaar, das man an Rosalindes Feuerzeug gefunden hatte und das von einem weißen, westeuropäischen Mann und nicht von einem Asylbewerber stammte, aber Vater meinte, dergleichen würde nichts besagen, Hautschuppen oder Haare an einem Feuerzeug könnten von jedem sein, genau wie das Feuerzeug selbst.

Ich sah sie. Auf dem Fahrrad. In meinem Kopf. In der

Nacht. Damals. Jetzt. Sie fuhr mit einem Ziel. Die Leute haben immer ein Ziel. Bis zum Ende halten sie an ihren Zielen fest. Oder überlegen sich am Ende neue Ziele. Logisch. Ohne Ziel tat man nichts, und sie tat etwas, sie radelte allein durch die Nacht, und während sie das tat, dachte ich: Du gehörst mir.

Ich hörte es mich denken, ich hörte die Worte in meinem Kopf.

Wie ein Auftrag, ein Code, eine Beschwörung kamen die Worte über mich.

«Jemand noch Kaffee?», fragte Ada.

«Still», sagte Mutter.

Ich sah sie. Sie mich nicht. Das war der Unterschied. Vielleicht tat sie auch nur so, als hätte sie mich nicht gesehen. Das taten sie öfter, besonders die jungen Mädchen, die noch unverheiratet oder enttäuscht waren. Als ob sie einen nicht sähen. Als ob man nicht existierte.

Also rief ich sie.

Leise.

Es war Nacht.

Sie fuhr langsamer, ich spürte es.

«Natürlich gibt es Ausnahmen», sagte ein Mann in der Sendung. Er strahlte. Im Fernsehen zu sein, schien ihm zu gefallen. Irgendwie wollen wir alle gesehen werden. «Aber die meisten Täter tun es in ihrer nahen Umgebung.»

«Ja, na klar!», sagte Vater.

«Genau das denke ich auch», sagte Ada. «Na klar!»

«Ich verstehe, dass man umfassend ermitteln will», sagte Vater, «dass man sich alle Optionen offenhalten will, aber das hier ist nicht umfassend, das ist Beschiss, das ähnelt noch nicht mal einer Fahndung.»

Ich konnte sie schon riechen, Kleidung, Waschmittel, ihr süßes, salziges Parfum.

Noch ein paarmal kräftig in die Pedale getreten und ich fuhr neben ihr.

Nur noch kurz ins Zeug gelegt und es war soweit.

Ich würde einen Arm ausstrecken, meine Finger würden sich in ihre Jacke krallen. «He», würde ich sagen, «hab keine Angst. Vor mir brauchst du echt keine Angst zu haben.»

Sie erschrak natürlich doch, das verstand ich auch, ich saß nicht zum ersten Mal auf dem Rad. Es ist für solche Mädchen nicht einfach, sich mit dem, was sie von zu Hause mitbekommen haben, in Einklang zu bringen.

«Keine Angst haben», sagte ich. Habe ich gesagt, mehr als einmal. Das habe ich immer wieder betont. «Keine Angst haben. Das ist überhaupt nicht nötig. Echt nicht. Halt sonst einfach mal an», sagte ich, «dann reden wir in Ruhe darüber. Bleib stehen, hü. Ich will bloß mit dir reden.»

Sie brauchte ja nicht gleich zu jubeln, das verlangte ich auch gar nicht von ihr. Aber man konnte doch wohl noch ganz normal miteinander reden! Was sollte denn daran falsch sein?

«Stopp», sagte ich. «Ich hätte jetzt sehr gern, dass du mal anhältst», sagte ich, denn ich hatte Verständnis für ihr Verhalten – es war Verhalten. Es machte mich nicht wütend, es enttäuschte mich nicht, ich war ein Erziehender, ich hatte gelernt, geduldig zu bleiben. «Ich habe jetzt schon mehrmals darum gebeten.»

«Ausmachen», sagte Ada. «Was ich da wieder gesehen habe, langt mir, ich werde jetzt was anderes einschenken. Möchte jemand schon was anderes trinken?»

«Wer sind Sie?», rief sie.

Schrie sie.

So konnte ich nicht mit ihr reden.

«Wer sind Sie – wer sind Sie!»

Sie riss sich los, versuchte sich loszureißen. In ihren Augen lag Abscheu, Abscheu und Angst, sie wehrte sich immer wilder.

«Du brauchst keine Angst zu haben, hörst du?», sagte ich. Ich hielt sie noch immer an der Jacke. «Dafür gibt es echt keinen Grund.» Ich wiederholte, was ich gesagt hatte, aber ich glaubte es selbst schon fast nicht mehr, so oft hatte ich es gesagt.

«Ruhig», sagte ich. «Immer mit der Ruhe.» Ich war noch der Annahme, dass ich sie zurück in die Wirklichkeit holen könnte, den Geist zurück in die Flasche. «Ruhig jetzt. Jetzt hätte ich gern, dass du mal kurz ruhig bist.»

Sie hörte nicht. Sie war stärker als erwartet. Man gerät in Panik, das kommt dazu, aber das durchschaut man erst nicht, das merkt man erst später, man sagt: «Noch bitte ich freundlich darum.»

Ich sagte: «Das war eine freundliche Bitte.»

Ich sagte: «Mitkommen.»

Ich sagte: «Passt es nicht, dann sorge ich dafür, dass es passt.»

«Letzte Chance», sagte ich. «Das ist deine allerletzte Chance.»

23

DAS RADIO LIEF.

Das Radio lief schon den ganzen Tag. Manchmal haben Nachrichten die Kraft, bei allen gleichzeitig das Radio einzuschalten. Oder den Fernseher. In jedem Haus, jeder Scheune, jedem Auto. Überall tritt Stille ein.

Ich habe es gemerkt, hinterher. Ein paar Minuten Stille. Einen Moment lang kein Gerase, keine Autos oder Maschinen. Die ganze Welt im Schatten des Windes.

Manchmal wurde ein Berichterstatter vom Platz vor Ort zugeschaltet. Ich stellte mir vor, dass er einen Sender mitsamt einer Antenne auf dem Rücken trug. «Es ist noch sehr ruhig», sagte er. «Sehr ruhig. Leer. Man kann hier sozusagen eine Kanone abfeuern, ohne jemanden zu treffen. Aber ob es auch so bleibt? Das ist die Frage, die alle hier beschäftigt. Jetzt ist es noch ruhig, muss man der Ehrlichkeit halber sagen, aber unter dieser trügerischen Ruhe, da brodelt es.»

Ich stand vor dem Fenster, die Hände in den Taschen. Das Land war leer, verlassen, in den Furchen stand Wasser. Nie sah ich Menschen auf der Straße, aber jetzt schon. Sie waren ohne Jacken und Mäntel nach draußen gelaufen, als ob sie sofort etwas unternehmen, als ob sie möglichst schnell die Ärmel hochkrempeln und mit anfassen wollten.

«Kalt!», kam es von oben. «Papa, es kommt kein warmes Wasser!»

«Ich bin schon unterwegs!»

Es war etwas in Adas Augen erschienen, nachdem sich die Nachricht verbreitet hatte. Bei Ans auch, sie kam zum ersten Mal zu Besuch, ohne ihre Zeitung mitzubringen. Eine ungezielte, ruhelose Energie. Als ob sie etwas suchen wollten, als ob sie leidenschaftlich mit der Suche beginnen wollten, aber noch nicht wussten, was fehlte.

«Fassen sie auch noch den falschen Hassan», hatte Ada hervorgestoßen. «Obwohl sie längst wussten, dass es kein Asylant sein konnte, sie hatten doch ein Haar.»

Heute aßen wir schon zu Mittag warm. Abends begnügten wir uns mit Brötchen, die Ada im Mantel am Küchentresen stehend geschmiert hatte. Im Radio sagte der Bürgermeister: «Selbst, wenn sich demnächst herausstellen sollte, dass der Mörder ein Asylbewerber ist – ich betone: wenn –, selbst dann sind natürlich nicht alle Asylbewerber Vergewaltiger und Mörder.»

Ada war hastig zum Auto gelaufen. Ans stand schon bereit. Sie stiegen ein, Ada winkte noch kurz und dann fuhren sie davon.

«Es wird immer voller», sagte der Reporter. «Es

füllt sich hier beträchtlich, kann man sagen. Und die Menschen sind wütend, es reicht ihnen eindeutig. Sie wollen Aktionen, wollen, dass etwas geschieht. Die Wahrheit, sagen sie, sie wollen, dass die Wahrheit jetzt endlich mal auf den Tisch kommt. Nach all den Jahren. Man spürt die Emotionalität. Man sieht es in den Gesichtern.»

Ich drehte mich um und ging zur Diele, die Treppe hinauf nach oben. Es war noch nicht so lange her, ein paar Monate vielleicht, dass ich Suze in einem umgebundenen Handtuch, um den Rumpf, unter den Achseln hindurch, über den Flur im Obergeschoss hatte rennen sehen. Die Haare waren auch in ein Handtuch gewickelt. Sie trippelte mit nassen Füßen über den Boden, schnell, zu schnell, das Handtuch fiel, als ich gerade einen Blick in ihr Schlafzimmer warf.

Sie blieb stocksteif stehen, die Knie nach innen gedreht. «Mama!», rief sie. Aber nicht laut. Nicht in einer Lautstärke, dass jemand sie hören konnte.

Vielleicht hätte ich weitergehen sollen, aber das dachte ich erst im Nachhinein. Panik gehörte zu dieser Lebensphase. Man konnte versuchen, sie zu durchbrechen, hinzugehen, ihr eine Hand auf die Schulter zu legen und zu sagen: «Schatz, Liebes, stellst du dich jetzt nicht ein ganz klein wenig an? Muss das denn wirklich sein? Weil dein Vater dich nackt zu sehen bekommt?»

Ich lief nicht weg, ich kam nicht auf die Idee. Warum sollte man die zeitweilige Schamhaftigkeit seiner Tochter noch unterstützen? Ja, der Körper veränderte sich, das taten die Körper nun einmal, Pubertierende waren das noch nicht gewohnt. Später, wenn sie älter waren, würden sie begreifen, dass Körper sich immer verändern, dass sie nie so bleiben werden, wie sie sind.

Wie oft hatte ich Suze gewaschen? In die Badewanne gelegt, auf meinen flachen Händen in dem lauwarmen Wasser treiben lassen, die ersten Monate in einem Eimer auf dem Tisch. Wie oft hatte ich ihr die Windeln gewechselt, ihr mit Feuchttüchern das dünne Aa vom Po gewischt? Auch später war ich immer ohne Zögern zur Toilette gerannt, wenn sie rief, sie sei fertig.

Oft, wenn ich die Toilettentür aufzog, stand sie schon gebeugt für mich bereit, die Nase auf den Fliesen, den Hintern mir entgegengestreckt. Ich wischte, auch gebeugt, ich steckte meine Nase fast dazwischen, ich wollte selbst sehen können, ob noch etwas an ihrem Po klebte.

Es war nicht schön, aber sehr eklig war es auch nicht, es war die eigene Tochter, da fand man solche Dinge nicht eklig, da wollte man, dass sie sauber war. Oft ging es danach auch gleich weiter nach oben, in die Badewanne. Alles waschen.

Ich hatte sie immer schön gefunden, wenn sie sich der Länge nach im Wasser entspannte. Beinahe horizontal konnte sie das, so dass es aussah, als ob sie schwamm.

Auf dem Rücken, die Arme etwas vom Körper, die Beine ruhig auf dem Wasser. Von ihrem Gesicht blieben nur die Augen und die Nase über Wasser. Die langen, blonden Haare breiteten sich aus.

Frauen im Wasser, Mädchen. Das Nass tropft ihnen nicht wie bei Männern von der Haut, das Wasser scheint daraus hervorzuquellen. Langsam, träge, auf der Haut einer jungen Frau hat das Wasser keine Eile.

Es war immer reibungslos abgelaufen, wir waren aufeinander eingespielt. Ich kam herein, griff unterwegs die Flasche mit Shampoo, spritzte ein Quantum in meine Hände, bedeutete ihr, dass sie sich in der Wanne aufsetzen sollte, und verteilte das Shampoo über die langen Haare.

«Augen zu. So, ja, sehr schön.»

Ich nahm die Brause, drehte den Hahn auf, testete die Temperatur.

«Kopf nach hinten», sagte ich dann. «Ja, so, etwas weiter noch. Kannst du dich kurz hinstellen?»

Das tat sie, die Haare fielen ihr lose über die Schultern, ich nahm sie zusammen und wrang sie aus. Mit einer Handvoll Duschschaum wusch ich sie, die Schultern, den Rücken, den Bauch, die Arme und Beine. Anschließend blieb nur noch der Po übrig.

Nur der Popo war noch schmutzig.

Waschlappen waren überflüssig, für mich selbst hatte ich auch nie einen Waschlappen benutzt. Ich wusch ihren Po, viele Jahre lang. Ein schöner Po, weich und fest; Kinderpopos sind immer schön. Ich hatte keine Gelegenheit ausgelassen, kurz hineinzukneifen.

Danach kam die Scheide, die musste auch gewaschen werden, mit der flachen Hand tat ich das, wie man ein Pferd füttert, den Ehering rasch abgezogen. Ich hatte ein wenig Duschcreme draufgetan, obwohl ich nicht wusste, ob das gut war. Ein Vater musste viele Dinge lernen, Vieles selbst entdecken, was ihm auch gelang, er fand jedenfalls seinen eigenen Weg.

Die Badezimmertür war abgeschlossen, zum ersten Mal. «Suze», rief ich. «Wie ist es mit dem Wasser?»

Ich konnte die Dusche drinnen plätschern hören.

«Was?», kam es zurück.

«Ist es warm?», fragte ich. «Hast du jetzt warmes Wasser?»

«Ja!», rief sie.

Ich setzte mich, den Rücken gegen die Tür. Im Leben einer jeden Tochter kam der Moment, dass der Blick des Vaters unerträglich wurde; im Leben eines jeden Vaters kam der Moment, dass er von ihrem Körper, ihrer Körperlichkeit ausgeschlossen wurde.

Sie war noch etwas stehen geblieben, aufrecht, mit zusammengebissenen Zähnen. Das Handtuch lag wie ein Häufchen um ihre Füße. Ich sah ihren Bauch, der Nabel lag beinahe obenauf, die Haut in den Brustwarzenhöfen war dünn, fast durchsichtig. Die Wölbungen ihres Fußrückens, der Wade, der Schenkel und der Hüften. Ganz allmählich gingen die Körperteile ineinander über. Wenn Ada nackt dastand, brauchte man nicht zu raten, wo das Eine aufhörte und das Andere begann, aber in Suzes Alter bestanden unsere Körper noch nicht aus gesonderten Einzelteilen.

24

ES WAR DIE TAGESZEIT, ZU DER MAN DEN WIND NOCH NICHT HÖREN KONNTE.

Alles war still, die ganze Welt. In der Ferne verloren sich die Beine der Kühe im Nebel. Ich ging mit Suze auf die Wiese, wie ich seinerzeit auch mit Rosa auf die Wiese gegangen war. Damals war es auch so still gewesen. Mäuschenstill. Totenstill. Ich erinnerte mich an kein einziges Geräusch in dieser Nacht.

«Es ist wirklich nicht mehr schön», sagte Suze. «Sie benehmen sich in der Schule echt nicht schön gegenüber Friso.»

Sie trug ihre graue Jogginghose, ihr dunkelblaues Sweatshirt mit dem Emblem der Universität sowie grüne Stiefel.

Auf der einen Schulter hatte ich den Bohrer und den Hammer, auf der anderen die Pfähle. Meine Nacken- und Schultermuskeln schmerzten schon, aber ich machte keine Pause. Arbeit ist das Training für die Arbeit, die noch folgt. Bei der Arbeit muss man immer bis an die Grenze zum Unangenehmen gehen, sonst lässt die Kondition nach.

«Keiner redet jemals mit ihm. Er steht immer allein da, wenn ich ihn sehe.»

Sie ging oft hinter mir her, in meinem Schatten sozusagen, meinem toten Winkel, aber ich konnte sehen, dass sie eine Hand drehte und öffnete. «Und jeder, der vorbeikommt, sagt etwas Gemeines zu ihm.»

Manchmal gingen Zäune kaputt. Man konnte es nicht vorhersehen. Jahrelang brauchte man sich nicht darum zu kümmern, dann lagen sie von einem Tag auf den anderen flach. Das Holz war nass, die Fäule begann von innen. Man sah nichts davon, bis es zu spät war, bis sie auf einmal umgefallen auf dem Boden lagen.

«Ich habe auch mal gesehen, dass sie ihm auflauerten», sagte sie. «Nach der Schule. So eine Gruppe aus der Ersten und Zweiten, allein trauen sie sich natürlich nicht. Und wenn Friso dann mit seinem Rad losfahren will, stellen sie sich vor ihn, alle gegen einen.»

Sie blieb einen Moment stehen.

«Und schubsen und zerren so lange, bis er fällt. Und dann lachen sie ihn aus.»

Wie wir durch die Wiese gegangen waren und auf welche Weise – die Ruhe, unter der das Gehen stattgefunden hatte. Damals hatte frisches Frühlingswetter geherrscht, jetzt war es kalt und nass, die Furchen waren gefüllt, die Tage lagen schwer und grau über dem Land.

Die Tage waren kürzer geworden, das Licht kam spät und war auch früh wieder weg. Ich ließ sie nicht mehr hinaus, niemand tat das, langsam verschwand das Leben aus der Landschaft.

So waren wir gegangen, von rechts nach links gesehen: ein Fahrrad, ein Mann, eine junge Frau und danach, äußerst rechts, noch ein Rad.

Nach den ersten Scharmützeln hatte sie ihren Widerstand aufgegeben und die Ruhe zwischen uns war wiedergekehrt. «Lass sein», hatte ich gesagt. «Lass sein, Rosa. So heißt du doch? Rosalinde ist ein schöner Name, weißt du das? Rosa-Linde – eine Blume und ein Baum. Das hört man nicht oft, glaube ich, meistens ist es nur eins von beidem. Rosa. Oder Iris.»

Ich erinnere mich an die Ruhe des Augenblicks.

Sie war ganz gefasst.

Wenn ich die Gelegenheit bekomme, dachte ich, irgendwann meine Geschichte zu erzählen, würde ich mit ihrer Ruhe beginnen, ich würde sagen, dass von Angst oder Panik keine Rede war.

Aber ohne Theatralik ging es nicht. Nicht in diesem Alter. Alles musste langsam geschehen, Schritt für Schritt. Es war ein allmählicher Prozess. Wenn sie keine Rolle gespielt hätte, wenn sie gezwungen gewesen wäre, auf die Wiese zu gehen, wenn sie nicht gewollt hätte, dass geschah, was geschehen würde, wäre sie anders neben mir hergegangen. Nicht neben mir, sondern neben ihrem Fahrrad. Dann hätte sie das Rad wie einen Schutzschild zwischen sich und mir durch das Gras geschoben.

«Oder sie nehmen ihm seine Tasche ab», sagte Suze. «Das haben sie auch schon ein paarmal gemacht. Dann nehmen sie ihm die Tasche ab und kippen sie über der Toilette aus. Echt alles nass, alles völlig versaut und nass.»

Der Wind erhob sich vorsichtig. Im Baum saß ein Kormoran.

«Und dann muss Friso zum Rektor kommen!»

Sie war schockiert, empört. Sie hatte nicht erwartet, dass Kinder so gemein sein, dass sie jemanden so einsam machen konnten.

Wir dachten, unsere Kinder wehrhaft gegen das Böse zu machen, indem wir sie achtzehn Jahre lang im Guten hätschelten und tätschelten. Ein paar Illusionen entlarvten wir zwar noch für sie, vor ihren Augen, aber kontrolliert, in einer sicheren Umgebung; den Nikolaus zum Beispiel, und das war ja auch lehrreich, aber längst nicht ausreichend.

«Friso», sagte sie. «Obwohl er nichts getan hat.»

«Wir werden gleich auch leise sein müssen», hatte ich gesagt. Zu ihr. «Ganz leise.» Ich flüsterte, um selbst mit gutem Beispiel voranzugehen – unsere Werte lassen sich nicht erzählen, sondern allenfalls vorleben. «Geräuschlos», sagte ich. «So still wie Mäuschen. Kannst du das? Doch wohl ja? Ja, natürlich kannst du das, ich bin mir sicher, dass du das kannst.»

Es war ein Ratschlag, ein Hinweis. Niemand brauchte es zu hören, niemand brauchte es zu wissen. Das sagte ich auch. «Das gehört uns», sagte ich. «Uns allein. Du darfst es nie jemand anderem erzählen. Versprichst du das?» Mädchen tratschten, und zwar den ganzen Tag lang, das war nun einmal so. Das war nicht schlimm, und wahrscheinlich war es sogar auch für irgendwas gut, aber von der ursprünglichen Geschichte und dem ursprünglichen Ereignis blieb unter diesen Umständen natürlich wenig übrig.

«Neulich haben sie ihm auch seine gesamten Hausaufgaben abgenommen.» Ihre Stimme klang scharf. «Sie schreiben alles ab, und in der Klasse sieht es dann so aus, als hätte er seine Aufgaben nicht gemacht.»

Ich ließ die Sachen fallen, meine Schultern entspannten sich. Aus den Schatten des Efeus an den Wänden seines Hauses kam Derksen zum Vorschein. Er kam näher und hob schon mal die Hand.

Wir waren ruhig auf die Wiese gegangen. Genau so, wie ich es auch oft mit Suze getan hatte, oder mit Friso. Das konnten sie hinterher an den Spuren sehen, die wir auf der Wiese hinterlassen hatten. Ruhige, gleichmäßige Reifenspuren und normale Schritte im Gras. Langsam waren wir gegangen. Gemächlich. Es gab Zeit genug.

«Hältst du ihn fest?», fragte ich. «Einfach gerade halten, ja, so, ja. Schön gerade halten. Das ist alles. Und gib auf deine Finger acht.»

Sie tat, worum ich sie gebeten hatte, aber von Herzen tat sie es nicht. Sie drehte das Gesicht weg, kniff die

Augen zu und berührte den Pfahl nur mit den Fingerspitzen.

Ich schlug.

Der Hammer traf.

Mit einem kleinen Aufschrei sprang Suze weg.

Derksen beschleunigte seinen Schritt.

«Magst du ihn noch einmal festhalten?»

Ich war gut mit dem Hammer, es gab nur wenige, die mich mit dem Hammer übertrafen. Vater nicht, höchstens zu Anfang.

Derksen nicht. Das wussten alle, und trotzdem hatten sie Angst. Ich hob den Hammer, der Pfahl brauchte noch einen letzten kleinen Schlag, und dann war es fertig, aber Suze schüttelte den Kopf.

«Und dein Fahrrad?», hatte ich ihr nachgerufen. Aber sie hörte mich nicht. Ich musste ihr hinterher, so konnte sie mich nicht hören.

Derksen legte beide Arme auf den Zaun, seine Augen im Schatten seiner Mütze. Ich stellte mich ihm gegenüber. Wir waren ungefähr gleich groß, es war nur ein kleiner Unterschied. Nie würde ich vergessen, wie ich mich gegenüber Rosa hingestellt hatte. Ich hatte sie gepackt. So war es gegangen. Mit zwei Händen, mehr hatte ich nicht.

Sie hatte geschrien. Gebrüllt. Sie versuchte, sich wild kreischend aus meinem Griff zu befreien.

Ich legte meine Arme um sie und zog sie heran.

Die Luft puffte aus ihren Lungen.

Und in dem Moment – wir fielen um, wir rangen weiter auf dem Gras – habe ich meinen Verstand verloren. Auf einmal war er verschwunden, weg. Ich wusste nicht, wo er geblieben war. So nennen wir das, den Verstand verlieren. Das ganze Leben geht in dem Augenblick verloren, wenn man seinen Verstand verliert. Aber im Nachhinein denke ich, man verliert weniger den Verstand, sondern das Kurzzeitgedächtnis. Das versagt. Man weiß nicht mehr, was man in der Sekunde zuvor getan hat, man gerät immer wieder erneut in Panik durch das, was man sieht.

Im Lokal war es auch einmal passiert. Auf einmal sagte ein Kerl neben mir, ich wäre Tille Storkema. Er lachte laut, dicht neben mir, und stieß mir einen Finger in die Brust. «Du bist doch Tille», sagte er. «Ja doch, Tille, du bist doch Tille, du bist doch mit Ans Freke in eine Klasse gegangen, du bist doch – wie haben sie dich noch mal genannt?»

Da ist es das erste Mal passiert. Ich legte meine Arme um seine Arme und seinen Rumpf und drückte die Luft aus dem Kerl.

«Tille!», rief Derksen.

Wir lagen schon auf dem Boden. Ich auf diesem Kerl ohne Luft.

Erst als der Verstand wiederkam, das Kurzzeitgedächtnis wieder angesprungen war, wurde mir bewusst, dass ich beide vorübergehend verloren haben musste.

Ich kam hoch, keuchend, der Kerl rappelte sich hustend wieder auf.

Es gibt einen Moment im Leben, in dem man ein Unglück begeht, dass ein Unglück geschieht. Auf einmal versagen die Bremsen. Versagt bei einem die Notbremse. Ein Moment und dein Leben ist vorbei, alle andere Momente desselben Lebens sind wertlos geworden. Die Starenwolke aus Einzelwesen, formierte sich, nannten sie irgendwann Tille Storkema, sie wurde disqualifiziert, unbrauchbar, aus dem Rennen genommen.

Der Moment war die Ausnahme, alle anderen Momente sind von Unglücken verschont geblieben, aber das zählt nicht mehr, das ist nicht länger wichtig.

25

ICH ERINNERE MICH AN EINEN ANFALL VON DIARRHÖ, DER MICH TAGELANG AUF DIE TOILETTE VERBANNTE. Den ersten Tag ließ mich die Grippe schlaff und klebrig werden, wie Katzenkot. Meine Haut brannte, die Temperatur nahm zu. Ich dachte, Fieber hätte mich erwischt, ja, einen Moment dachte ich, sie hätte das Fieber über mich gebracht.

An Tag zwei floss nur mehr Wasser aus mir. Braunes Wasser aus einem wunden Ringmuskel. Der Mond schien, es war Vollmond. Ich sah ihre bleiche Haut. Striemen, Gras, Erde. Ihre glatten Pobacken, so bleich, ich schob sie vorsichtig auseinander.

Es war der Moment der Tränen.

Ohne Scham, weit jenseits der Scham.

«Oder habt ihr ein anderes Auto?», fragte Derksen.

Ich schaute mich um.

Er deutete mit einem Kopfnicken nach draußen, auf das Fenster, den Gehweg. Vor dem Lokal stand ein Opel Corsa. Ein grauer. Dahinter lag der dunkle Einkaufsplatz, der Supermarkt unter den Wohnungen, Friseursalon Henry. Ich kannte weitere Opel. Dieser sah am ehesten wie der aus, den sich die Frekes für die Einkäufe zugelegt hatten.

«Ach, ja», sagte ich und machte eine wegwerfende Geste.

Tag drei schaffte mich. Wenn man krank ist, merkt man, wie schnell der Verfall verlaufen kann, wie schnell der Verfall um sich greift, an deinen Kräften zehrt, deiner Energie, deinem Gewicht. Man erschrickt einfach, wie schnell das geht.

Aus meinem Körper floss kein Kot mehr, fast kein Wasser, es kamen nur mehr schmerzhafte, hellbraune Tropfen, manchmal mit einem roten Schimmer. Das Blut konnte aus den Eingeweiden kommen, aber bei der Stärke der Grippe konnten im Enddarm auch kleine Äderchen geplatzt sein.

Ich saß drei Tage auf der Toilette. Aufrecht, leer, in mir war nichts mehr, ich fühlte, wie ich abmagerte. Manchmal konnte ich riechen, dass Friso draußen stand und rauchte, auf der anderen Seite der Wand, obwohl das Toilettenfester zublieb. Ich starrte auf den Kalender. Geburtstage standen bevor. Erst Friso, aber auch für Suze würden wir in nicht allzu langer Zeit wieder Girlanden im Haus aufhängen.

Ab und zu beugte ich mich zuckend vor. Die Galle verschwand in dicken, kaum mehr flüssigen Fäden aus meinem Hals im Handwaschbecken, während hinter mir rotbraune Darmflüssigkeit in die Schüssel tropfte.

Mir tränten die Augen. Ich hatte immer gewusst, dass Schönheit meine Schwachstelle war. Ich ertrug sie nicht, ich war sie nicht gewohnt und ich gewöhnte mich auch nicht daran. Nie habe ich Suze waschen können, ohne gleichzeitig einen Kloß im Hals zu haben. Nur sie kannte meine Schwachstelle, meine Verletzlichkeit.

Meine Rührung war nicht aggressiv, sondern eine demütige Verbeugung. Die Tränen liefen ohne mein Zutun aus den Augen, dazu brauchten sie mich nicht, sie fielen ins Waschbecken, in meine Hände, sie verschwanden zwischen ihren Pobacken.

Derksen brummte. Er nahm einen Schluck von seinem Bier und wischte sich den Schaum vom Mund. «Ist sonst wohl eher ruhig heute Abend.»

«Dienstag», sagte der Wirt. «Dienstagabend ist es immer ruhig. Darf meinetwegen aber auch mal sein.»

«Ja, ich habe es gesehen», sagte Derksen. «Es gab einen Beitrag im Regionalfernsehen.»

«Es war überall», sagte der Wirt. «In allen Sendern. Auch in den Nachrichten.»

Ich saß wacklig auf meinem Hocker. Als würde ich nach einer langen Autofahrt im Dunkeln vor meiner Haustür stehen und mir plötzlich klarmachen, dass ich keine Ahnung hatte, wie ich hierhergefunden hatte, woran vorbei und durch welche Kurven ich gefahren war. Aber nichts geschah. Nichts Auffälliges. Es gab nirgends Zeichen oder Sonstiges, woraus man etwas hätte ableiten können. Derksen schaute wie zuvor auf sein Bier, ein wenig düster. Ohne Mütze, man konnte seine Kopfhaut sehen.

Wenn es stimmte, was sie sagten, dass das Leben wie ein Film an einem vorüberzieht, wenn man glaubt, man stirbt, war es ein kurzer Film gewesen, der wenig bei ihr hervorgerufen hatte. Sie hatte nichts gesagt, und weiter hatte ich auch nichts dergleichen bemerkt.

Ich trank von meinem Bier, ich sehnte mich nach dem Zustand, in dem ich gekommen war. Ein paarmal musste ich eine Hand auf ihren Kopf legen. Nicht drücken, festhalten. Es fiel mir schwer, sie so zu behandeln, ich hielt sie nicht zu meinem Vergnügen fest. Es verursachte mir einen klaren, scharfen Schmerz. Es machte mir Übelkeit, ich würgte, ich sagte es auch, nachdem ich meinen Mund am Ärmel meiner Jacke abgewischt hatte: «Es ist gut, dass du das hier siehst.»

Es war wichtig, freundlich zu bleiben. Das war eine Lektion, die mir niemand beigebracht, die mir niemand vorgelebt hatte, ich war von selbst darauf gekommen.

«Ja?», sagte Derksen.

Der Wirt lachte. «Ein Irrenhaus», sagte er. «Die Leute standen bis hinaus auf die Straße. Wir hatten noch gedacht: Haben wir nicht etwas viel Stühle aufgestellt, ist das nicht etwas übertrieben?»

Ich hatte den Ansturm auf das Lokal gesehen, den Politiker, der sich für eine DNA-Untersuchung stark machte, die Kameras. «Bekomme ich noch eins?», fragte ich. «Derksen, du?»

«Recht hat er schon», sagte Derksen. «Wie heißt er. Bolwijk. Ich traue dem Kerl nicht über den Weg. Aber recht hat er.»

«Na, ich weiß nicht», sagte der Wirt. «Man bekommt doch nicht alle dazu, dass sie sich beteiligen, und was hat man dann? Dann hat man noch nichts.»

«Dürfte ich noch eins bekommen?», fragte ich. «Bekomme ich noch eins?»

«Jetzt hat man auch nichts», sagte Derksen.

«Wo fängt man an?», sagte der Wirt. «Wo hört man auf? Man wird irgendwo eine Grenze ziehen müssen. Am Ende wohnt der Scheißkerl genau außerhalb.»

Mit meiner freien Hand zerrte ich meine Hose über meine Beine nach unten. Ein vorbereiteter Mann zählte für zwei, ein unvorbereiteter Mann funktionierte mit halber Kraft. Aber was war Vorbereitung, wenn man nochmals darüber nachdachte? Vorbereitung war nicht echt, nicht ernsthaft. In der Scheune stehen, im Schrank wühlen, alles auf den Kopf stellen – Schatz, Liebling, hast du vielleicht das Klebeband gesehen?

Es war wahnsinnig, Vorbereitung, schon allein der Gedanke – wer sich vorbereitet, weiß, was passieren wird, aber Unglücke lassen sich nicht vorhersagen. Schön wäre es. Wenn Unglücke sich vorhersagen ließen, würden viel weniger geschehen.

Es war auch keine geschäftige Transaktion, das war es nie gewesen. Das versuchte es nicht einmal zu sein.

Man wäre kurz aufgestanden, wäre man vorbereitet gewesen. Hätte man zuvor darüber nachgedacht, man hätte es anders angefangen. Man hätte etwas mitgebracht. Dabeigehabt. Kein Tape. Tape ist nicht ernsthaft. Etwas anderes zur Überbrückung der Zeit, in der man eigentlich zwei Hände für seine Hose benötigt hätte.

Ich wusste nicht, was, ich hatte nicht darüber nachgedacht.

Damit sie nicht reden würde.

Nicht so leise.

Sodass ich endlich meine Hand von ihrem Hinterkopf nehmen konnte.

Manchmal, wenn ich abends nach dem Essen mit einer Zigarette vor die Tür ging, lag dort schon eine dichte Dämmerung. Fahrräder. Alle paar Minuten kamen ein paar vorbei. Jungen. Mädchen, junge Frauen. Mädchen mit langen Haaren, Kopftüchern, die Wangen rot vom kalten Wind. Sie kamen von überall her, aus allen Richtungen, sie fuhren überall hin, aber die Unterschiede schrumpften unter den Übereinstimmungen in sich zusammen.

Es war so lange darüber nachgedacht worden.

So leise.

So lange.

Das Wörtchen «nein» hatte keinerlei Kraft besessen.

Kein Geräusch. Keine Emotion, kein Gefühl – es war ein kleines, sehr kleines, kaum hörbares, gerade noch nicht geflüstertes Nein gewesen.

Alles hatte in so wenig Sprache gesteckt. Ein Wort, vier Buchstaben. Auch weiter hatte sie von nichts Gebrauch gemacht. Nicht von Intonation, Klangfarbe. Nur von der Lautstärke. So leise hatte es geklungen, so dezidiert, ohne eine Spur von Zweifel. Sie hatte mich erst lange angeschaut, sehr lange und eindringlich.

Flehen hieß, die Hoffnung fahren lassen. Flehen hieß, die Hoffnung gegenüber dem Anderen fallenzulassen. Ich konnte sehen, wie es geschah. In ihren Augen fiel die Hoffnung senkrecht nach unten in die Tiefe, und dann hatte sie ganz leise nein gesagt.

Vielleicht hatten die Augen die Arbeit erledigt. Ihre Augen, blau, hellgelb durchädert, groß, aber nicht zu sehr. Es waren die Augen, die alles zeigten. Die Liebe, die Hoffnung, die Sehnsucht, ihr ganzes Hab und Gut. Angst.

Schönheit war ohne Verlust nicht möglich. Schönheit berührte, weil es sie letztlich nicht geben konnte. Nicht ganz jedenfalls, sondern höchstens annähernd.

Die dünnen Lippen. Die Haut, durch die schon fast kein Blut mehr zu fließen schien; alles Blut hatte sich in ihrem Sprachzentrum angesammelt, und damit hatte sie leise und tonlos nein zu mir gesagt.

Alle Kraft des Blutes, das nicht gebraucht, alle verhaltene Kraft, war in das kleine Wort gelegt worden. Vielleicht hatten die Augen die Arbeit erledigt. Die Augen waren der Spiegel der Seele. Ich wischte Gras aus ihrem Gesicht, vorsichtig wischte ich den Sand aus ihren Augen, und die Haare, die auch, ganz vorsichtig wischte ich das Gesichtchen sauber.

Ich war immer grob gewesen. Sie hatten es mir immer eingeimpft. Du bist grob. Nicht so grob, Tille. Du kennst deine eigenen Kräfte nicht. Nicht so fest. Zarter. So ist es zu fest.

So waren die Frauen.

So waren die Mädchen.

Sie waren zart, so zart und weich.

Sie waren weich wie das Bein meiner Mutter früher. Ihr langes Bein mit den gestreckten Zehen. Sie zog Bahnen in den Rasierschaum, man konnte fast die Klinge durch die Härchen schneiden hören.

Die Frau als Haut.

Die Frau war Haut.

So zart und glatt, die Haut.

So glatt hatte ich mich rasiert. Glatt, ganz glatt. Brust. Bauch. Beine. Bis ich sauber war. Es durfte kein Schmutz mehr zurückbleiben, die Poren schlossen sich unter dem Alaun.

So zart hatte ich ihr die Haare aus dem Gesicht gewischt, den Sand aus den Augen. Ich hatte sie angeschaut. Ich hatte sie bewundert. So hatte ich sie betrachtet. Eine Zigarette geraucht. Während sie als nackte Haut vor mir lag.

Am vierten Tag berappelte ich mich wieder etwas. Ich brauchte nicht mehr die ganze Zeit in der Nähe der Toilette zu verbringen. Ich konnte auf dem Bett liegenbleiben, genau wie den fünften, den sechsten und die restlichen Tage – Derksen hatte das Melken übernommen.

Ada brachte Tee herauf.

Sie stellte die Tasse auf den Nachtschrank. «Ich will dich jetzt nicht damit belästigen», sagte sie. «Dir steht der Sinn jetzt nicht danach, du musst erst gesund werden, aber Jonta ruft gerade an, und es scheint doch ein wenig Bewegung in die Sache zu kommen.»

Nach der Schule kam Suze und brachte mir eine kleine Stärkung.

Wie alt war sie noch wieder geworden?

Es konnte das Fieber sein, aber mir schien es, dass sie in aller Vorsicht noch schöner wurde. Der Rückweg war noch lang, aber er war eingeschlagen. Die Richtung war bestimmt.

Ich trank von der Brühe, um ihr einen Gefallen zu tun. Huhn.

Sie saß schweigend auf der Bettkante, die Hände in ihrem Schoß. Ja, sie war schön, sie wurde immer schöner.

«Ich heule», sagte ich. «Dein Vater weint aber nicht, es ist einfach nur Wasser. Es kommt von der Erschöpfung, es kommt von selbst.»

«Das macht nichts», sagte sie schnell, fast erschrocken. «Das macht nichts, nein.»

Vielleicht war es die Erschöpfung, Erinnerung war

Arbeit, harte Arbeit, bis man dabei umfiel, und danach ging es weiter. Das Blut, die Haut, das Gras. Ein Mann, der ein Gesicht vornüber ins Gras drücken musste. Seine Hose mit der anderen Hand von Gesäß und Beinen zerrte, schamlos, düster, schuldig und traurig, berührt.

Ich weinte, aber es waren keine Tränen, es war Flüssigkeit.

Sie weinte auch.

Das war das Anrührende an diesem Moment, dass wir zusammen weinen konnten.

26

ADA KLAPPTE DIE SONNENBLENDE HERUNTER UND BETRACHTETE SICH IN DEM KLEINEN SPIEGEL.

«Das Letzte», sagte sie – mit der Spitze ihres kleinen Fingers entfernte sie ein paar Klümpchen Mascara aus ihren Wimpern – «hättest du meinetwegen nicht sagen brauchen.»

Sie rieb sich die Finger mit einem Taschentuch sauber.

«Sowas sagt man doch nicht!»

Es ging über Flüsterasphalt durch das Neubauviertel. Es war dunkel, es begann zu regnen, es regnete schon eine Weile ab und an. Es gab Bremsschwellen. Die Wohnzimmer waren hell erleuchtet, wir fuhren langsam an Familienleben vorbei, die Männer mit langgestreckten Beinen in gesonderten Lehnsesseln, die Mütter und Kinder auf der Couch. Ausgestellt, als ob man die Auswahl hätte.

Das Haus meiner Eltern sah noch genauso aus wie an dem Tag, als sie dort eingezogen waren. Es alterte nicht; der Neubau dieser Zeiten blieb immer neu.

Ada schaute zur Seite. «Warum hast du das gesagt?»

Jede Straße gab einem den Eindruck, die falsche Straße zu sein. Oder wieder dieselbe. Mit dem Gefühl, den Kontakt zum Satelliten verloren zu haben, konnte man hier endlos durch falsche Straßen fahren.

Nach dem Essen hatte Vater angerufen und uns gebeten, zu kommen, weil er uns etwas erzählen müsse.

«Sie wissen doch, dass wir keinen Babysitter haben!», hatte Ada gesagt. «Ich finde das wirklich ein bisschen seltsam. Warum kommen sie nicht einfach hierher zu uns?»

Ich stand im Flur, ich führte meinen Blick die Treppenstufen entlang nach oben, bis ich in die dunklen Augen meines Sohns blickte. Er saß in seinen Boxershorts auf dem Treppenabsatz, breitbeinig und mit verschränkten Armen. Aus einer Faust schaute eine blaue Zahnbürste.

Hinter ihm sah ich Suze weghuschen. Sie hatte dünne Beine, dünne Arme, es wurde Zeit, dass sie auch wieder etwas in die Breite wuchs.

Ich schaute zu Friso und er schaute zurück. Der Junge konnte die Augen länger als ich offenhalten, ohne zu blinzeln.

«Warum sagen sie nicht einfach, was Sache ist?», sagte Ada. «Es gefällt mir gar nicht, die Kinder allein zu lassen. Das haben wir auch noch nie gemacht.»

«Sie gehen zur Schule», sagte ich. «Es sind große Kinder.»

«Ja», sagte sie, «gut. Trotzdem ist mir nicht wohl dabei.»

Der Regen nahm zu. Genau wie die Häuser im Neubauviertel verbreiteten die Geschäfte im Zentrum Licht. Es fiel in Pfützen über die Gehwege. Das Licht von Bushaltestellen, Straßenlaternen, Autos und Motorrädern spritzte von der nassen Fahrbahn hoch und auf der Windschutzscheibe auseinander. Radfahrer konnte man schon fast nicht mehr sehen, erst beinahe zu spät, die Scheibenwischer quietschten.

Nach den Verkehrskreiseln folgte ich der Straße, die aus dem Zentrum führte, vorbei an Rosas Wiese und der Ausfallstraße.

«Der Mann ist alt», sagte sie. «Dein Vater. Richtig alt. Wer weiß, wie lange er noch hat.»

Ich zuckte mit den Schultern. Der Regen fiel immer schwerer auf die Windschutzscheibe, immer dicker und massiver in die Pfützen auf der Straße, man sah die Hand vor Augen nicht mehr. Wind kam auf, drückte manchmal gegen das Auto, ich musste vorsichtig fahren.

Das Haus meiner Eltern war für den Besuch aufgeräumt.

Keine Krümel, Rätselhefte, Zeichen des Lebens. Sie hatten gewartet, bis alle saßen, ich, Ada, Mutter und zuletzt Vater, mit seinen Krücken hantierend, die Manschetten noch um die Arme.

«Soll ich?», fragte Ada. Aber sie kam nicht in Bewegung.

«Nein», sagte er. «Nein, nein.»

Es dauerte etwas, es ging mühsam, aber es ging. Endlich saß er aufrecht in seinem Sessel, die Krücken vor seinem Fuß auf dem Boden. Er wartete, er schaute uns an, er wartete noch etwas länger, er wartete, bis die Stille zur akustischen Qual wurde.

«Ich habe mich entschieden», sagte er dann und in seiner Stimme schwang etwas Mitleiderregendes. «Ich habe mich entschieden», sagte er. «Schaut. Ich bin alt. Wir sind alt, ich habe vielleicht nicht mehr so lange zu leben.»

«Jan.» Ada schoss nach vorn.

Es war das erste Mal, dass sie ihn bei seinem Namen genannt hatte. Bis zu diesem Tag hatte es Vater geheißen, nach diesem Tag nannte sie ihn Jan.

Er hob die Hand und schaute zur Seite. «Nein», sagte er. «Nein, jetzt möchte ich.» Der Kopf kam zurück, die Augen öffneten sich. «Ich habe mich entschieden, dass das Geld in den Betrieb geht, wenn ich demnächst nicht mehr bin, in nicht allzu ferner Zeit.»

Es passen nicht viele Sekunden zwischen den Moment, in dem Worte ausgesprochen werden, und den Moment, in dem sie gehört, angekommen und verstanden werden. Aber sie konnten sich über den Boden eines Wohnzimmers ausbreiten, als wäre die Zeit der Raum selbst geworden.

«O Gott!», sagte ich.

Ada hielt sich die Hände vor den Mund.

«Erst geht es natürlich an Mama», sagte er. «Oder wer am längsten lebt, aber natürlich soll der größte Teil dann in den Betrieb gehen.»

«Die Kleinen», sagte Mutter und schaute wie eine Oma. «Wie geht es ihnen?»

«Du liebe Güte.»

«Ja», sagte Vater. Er ließ seinen Blick über die Anwesenden gehen, beinahe zufrieden, die Hände in seinem verwüsteten Schoß.

«Lässt du uns deswegen hierherkommen?» Ich stand auf. Ich schaute auf die Krücken. Einmal hatte ich sie mit Tritten vor mir her befördert, auf der Weide war das gewesen, am Ende eines langen Tages. Ich hatte sie mit Tritten vor mir her befördert und danach dagestanden und sie mir angeschaut. Die Krücken waren vielversprechend von meinem Fuß losgeflogen, hatten allerdings früh zur Landung angesetzt, und die Distanz, die sie überbrückt hatten, war enttäuschend gewesen. «Lässt du uns deswegen hierherkommen? Ehrlich? Mussten wir hierfür die Kinder alleinlassen?»

«Tille», sagte Ada.

Ich ging ans Fenster. «Mensch, ich dachte, du würdest sterben.»

«Tille», sagte Ada. «Das ist vielleicht nicht angebracht, was du da sagst.»

«Es ist doch normal, dass das Geld an uns geht, wenn er stirbt. Das ist doch normal!»

«Ich weiß eigentlich überhaupt nicht, ob das so normal ist», sagte Mutter. «Man kann es ausgeben. Es kann auch alle sein.»

«Also, ich traue meinen Ohren nicht», sagte Vater, und sein Stumpf wippte vom Sitz. «Ich höre mir das hier an, aber ich traue meinen Ohren nicht.»

«Das heißt Erbe», sagte ich mit Nachdruck, zu viel Nachdruck, meinte Ada hinterher. «Das ist so, das steht einfach so im Gesetz. Deswegen braucht man Leute nicht kommenzulassen, es ist sogar sehr unnormal, Leute deswegen eigens kommenzulassen.»

Mutter hob den Kopf, das Kinn an den Hals gepresst, die Hände vor der Brust, wie eine Hausfrau, die drauf und dran war zu explodieren. Oder schlimmer. Sie befürchtete, schlimmer noch. «Man kann auch Schulden haben», sagte sie. «Das geht auch, das kommt vor, öfter als man denkt. Es kann auch passieren, dass am Ende nichts übrigbleibt.»

«Dann heißt es immer noch Erbe», sagte ich. «Du lieber Gott.» Ich drehte mich um. «Ich dachte schon, du würdest sterben.»

«Tille!»

«Was?»

Ich schaute sie an, ich schaute meine Eltern an.

Gekränktheit stand niemandem gut, aber man musste sie sich nicht noch eigens aufs Gesicht zaubern.

Ich musste lachen, weil ich meinen Vater witzig fand. Weil mir eine Last von den Schultern gefallen war. «Also nicht, dass ich es wollte», sagte ich. «Natürlich nicht.»

Es regnete immer stärker. Überall war Wasser, die Kanalisation konnte es nicht mehr aufnehmen. Die Autoscheinwerfer zogen Lichtbahnen durch den fallenden Regen, aber es war nicht automatisch so gelaufen.

«Du weißt, wie ich über deine Eltern denke.» Sie zog den Reißverschluss ihrer Jacke zu. «Das weißt du, aber der Mann ist alt. Die Leute sind alt. So geht man nicht mit solchen Menschen um.»

Auf der Höhe von Derksens hielt ich an. Neben uns fiel ein Ast auf die Straße. «Hör zu», sagte ich. «Es ist noch nicht mal sein Geld.» Ich verkrallte mich im Steuer, mit beiden Händen, die Arme gestreckt. «Faktisch ist es schon längst nicht mehr seins. Es hätte längst unseres sein müssen.»

Es blieb eine Weile still.

Dann sagte sie: «Uns geht es doch gut so.»

«Wir brauchen es, Ada.»

«Wieso brauchen wir es? Was willst du damit machen?»

«Wir müssen uns vergrößern», sagte ich. Auf einmal hatte ich das Licht gesehen. Wir mussten uns vergrößern. Natürlich mussten wir das. Alle wurden immer größer. Auch die Storkemas. Es war der Lauf der Dinge. Wie die Dinge liefen. Man musste nach vorn, immer nach vorn, sonst blieb man zurück.

«Wieso vergrößern?», sagte sie. «Jetzt auf einmal doch? Jetzt auf einmal willst du dich vergrößern?»

Wir sahen ein Fahrradlicht näherkommen, im Licht einer Laterne tauchte ein Mädchen mit Kopftuch auf, auf den Pedalen stehend, sie radelte so schnell sie konnte. Sofort danach sahen wir ein paar Jungen, die wie die Verrückten hinter ihr herfuhren.

Das Mädchen schoss haarscharf am Auto vorbei, als hätte sie es erst im letzten Moment gesehen – den Mund weit offen, die Augen schwarze Flecken.

Hatte sie den Spiegel gestreift?

Links und rechts schossen auch die Jungen vorbei.

«Was war das?», sagte Ada. «Tille, was war das?»

Ich stieg aus, ich war sofort durchnässt.

Die Jungen standen in einiger Entfernung auf der Straße, die Fahrräder zwischen den Beinen. Einer brüllte, sie solle abhauen in ihr eigenes Land. Danach drehten sie sich um und fuhren weg.

Das Mädchen lag in dem nassen Straßengraben, halb unter dem Fahrrad. Kopftuch weg, überall Haar. Alles nass und schmutzig. Sie versuchte, sich aufzurichten.

«Geht es?», fragte ich.

Ich nahm das Rad und stellte es wieder hin. Es war ein ausrangiertes Teil, aus dritter Hand und anscheinend öfter mal überstrichen. Das Vorderrad hatte einen

Achter, ein Reifen war platt, die Vordergabel leicht verbogen. Ich wischte mir den Regen aus dem Gesicht. «Geht es?», fragte ich. «Geht es?»

Ada war auch ausgestiegen. Von der Hutablage hatte sie einen Regenschirm genommen.

Das Mädchen sagte nichts, sie sah mich nicht an. Vielleicht traute sie sich nicht, vielleicht war es ihr aus Glaubensgründen verboten. Sie hatten andere Umgangsformen als wir.

«Was war das?», fragte ich. «Wer sind die? Wer waren die?»

Sie schüttelte den Kopf, die nassen Haare klebten ihr an Gesicht und Hals.

«Vielleicht spricht sie kein Niederländisch», sagte Ada. Sie klappte den Regenschirm auf und kam näher. «Vielleicht solltest du erst fragen, ob sie auch Niederländisch spricht.»

Ich streckte dem Mädchen meine Hand entgegen, aber sie versuchte lieber allein aufzustehen. Dann nahm ich sie am Arm und half ihr auf die Beine, schnell, mit Leichtigkeit.

Alles war nass, der Mantel, das Gesicht, die großen Augen, die langen, schwarzen Haare.

«Tille», sagte Ada. Sie hatte das Kopftuch aufgehoben und wollte es dem Mädchen geben. Doch die begrub das Gesicht in den Händen und begann leise zu weinen.

Im Haus gingen die Lichter an. Oben, im Obergeschoss. Die Kinder waren wach geworden. Wir hatten fast keinen Lärm gemacht. Ich schaute zu dem Fahrrad. Ich klappte den Rücksitz um und öffnete die Heckklappe. Ich schob das Fahrrad ins Auto, das Hinterrad zuerst, und zwar möglichst weit hinein, aber das Vorderrad ragte doch noch ein Stück heraus.

Ich drehte mich um und holte ein Seil.

«Hier», hörte ich Ada sagen. «Hier, dein Schal.»

Das Mädchen reagierte nicht.

«Dein schöner Schal», sagte Ada. «Hier, schau.»

Es regnete etwas weniger stark, allmählich ließ der Regen sogar nach.

«Hier», sagte Ada. Sie berührte das Mädchen sanft an der Schulter. «Sprichst du Niederländisch?»

Jetzt schaute das Mädchen hoch. «Ja», sagte sie. «Ja, Mevrouw.»

Ada erschrak, das hatte sie nicht erwartet.

Ich zog das Seil durch den Schließhaken in der Heckklappe, schloss diese, soweit es ging, und zurrte es anschließend an der Anhängerkupplung fest.

«Was tust du da?», fragte Ada.

«Was ich tue? Ich binde die Klappe fest.»

«Was?»

«Ja», sagte ich. «Ich kann sie doch wohl kaum bitten, sich auf ihr Fahrrad draufzulegen und die Heckklappe von innen festzuhalten, oder?»

«Nein», sagte Ada. «Nein. Aber was hast du vor?» Sie schaute zu dem Mädchen, zu mir, dem Auto, dem

Haus. «Das Mädchen kommt schon allein zurecht. Du kommst doch allein zurecht? Es ist doch nichts kaputt, hoffe ich? Du hast doch keine Schmerzen oder etwas?»

«Ich bringe sie nach Hause», sagte ich. «Sie hat sich erschrocken. Das Fahrrad ist kaputt.»

Ich wollte Ada das Kopftuch aus der Hand nehmen, aber sie zog sie weg.

«Mit dem Mädchen ist alles gut, Tille», sagte sie. «Mit dem Mädchen ist weiter nichts. So ist es doch? Wir brauchen nicht zu übertreiben.»

Ich schaute sie an. «Ich fahre sie rasch», sagte ich und griff nach dem Kopftuch, aber Ada hatte das kommen sehen und hielt es bereits hinter ihrem Rücken.

«Ich finde nicht, dass das nötig ist, Tille. Wir haben zurzeit wirklich Wichtigeres im Kopf, als das …» – sie wandte den Blick zu ihr – «… Mädchen nach Hause zu bringen.»

«Ich kann das schon allein, Meneer», sagte das Mädchen. «Wirklich. Es ist nicht weit. Ich kann das Rad einfach schieben.»

Ich legte meine Hände auf Adas Schultern, bewegte sie über ihre Arme bis zu den Händen hinunter und nahm ihr das Kopftuch weg.

Danach ging ich zum Auto und öffnete die Beifahrertür. «Wo wohnst du? Wohin musst du?»

IV

WINTER

27

DAS IST MEINE GESCHICHTE. Die Geschichte, wie ich sie erinnere. Wie ich sie erlebt, erfahren und abgespeichert habe. Der Kern der Geschichte ist hieb- und stichfest, davon bin ich überzeugt, aber für die Einzelheiten kann ich mich nach all den Jahren nicht mehr vollständig verbürgen.

So geht das mit Erinnerungen. Manche Dinge gehen unterwegs verloren, andere werden später hinzuerfunden, und wäre es nur, um die Löcher zu stopfen, die durch die Zeit unwiderruflich in Geschichten geschlagen werden. Wir ertragen keine Lücken, unsere Gehirne betrachten sie als schmerzhaftes Stillschweigen. Also wird hastig aufgefüllt, zugedeckt, aus Scham für andere und aus Schmerz.

Es geht von selbst. Dir fällt nichts auf, du bemerkst nichts, das Fabulieren vollzieht sich außerhalb deiner Wahrnehmung. Zwischen den echten Details müssen sich mittlerweile auch erfundene befinden, sie lassen sich nicht mehr voneinander unterscheiden.

Erinnerungen gehören zu der Zeit, in der sie sich gebildet haben. Automatisch geht man dann auch davon aus, dass sie immer zu dieser Vergangenheit gehören werden. Aber dem ist nicht so. Sie verfolgen einen, ins Leben, durch das Leben; sie entfernen sich mit exakt derselben Geschwindigkeit von ihrer Geburt wie du selbst.

An einem gewissen Tag begehst du ein Unglück auf einer Wiese. Es gibt ein Opfer, ein sechzehnjähriges Mädchen, eine sich entwickelnde junge Frau. Ihr Name war Rosalinde Edith Dingema, aber das wusstest du damals noch nicht, das hast du später aus der Zeitung erfahren müssen.

Im Verlauf eines solchen Unglücks entstehen viele Erinnerungen, zu viele zum Aufzählen, zu viele auch, um sie ordentlich verarbeiten zu können. In den darauffolgenden Jahren stecken die Erinnerungen manchmal den Kopf durch die Tür – na, gibt es dich noch? Kennst du mich noch?

Die Erinnerung ist manchmal ein sechzehnjähriges Mädchen, das dir unvermittelt auf einem Fahrradweg entgegenkommt, wodurch sich das Leben rigoros verändert; die Richtung, die du diesem Leben hattest geben wollen. Du verschließt die Tür vor dieser Erinnerung, du bist bei der Arbeit, du willst nicht in der Vergangenheit leben, sondern im Heute. Es hat keinen Sinn, in der Vergangenheit hängenzubleiben. Man kommt nicht vorwärts, man bleibt stehen, man gräbt sich ein, immer tiefer, man verschwindet.

Also entfernt man sich weiter, immer weiter, immer weiter von dem Unglück. Jahrelang tut man das und man denkt: Ich bin vollkommen allein. Aber unbemerkt haben einen die Erinnerungen immer begleitet. Das Laub fiel von den Bäumen, neues Laub wuchs an ihnen, das Laub fiel abermals von den Bäumen – und du warst immer noch mit deinen Erinnerungen unterwegs.

Zehn Jahre verstrichen, elf, zwölf lange, schwierige Jahre, in denen nur die Arbeit noch Ablenkung bot. Und Suze natürlich. Im dreizehnten Jahr nach dem Unglück holen sie dich aus dem Haus und stecken dich in eine Zelle. Dort, zwischen vier Mauern, schaust dich verwundert um, zurück in die Vergangenheit, und da erst merkst du, was geschehen ist. Dass die Erinnerungen nicht hinter dir liegen, sondern neben dir stehen, bei dir, vor dir.

Ihr schaut euch gegenseitig an. Und fassungslos musst du feststellen, dass ihr nichts mehr miteinander zu tun habt.

Sie haben mich an einem Sonntagabend aus dem Haus geholt, so anderthalb Wochen ist das her, als es schon fast dunkel war und niemand dadurch etwas von der Festnahme bemerken würde. Die Nachrichten waren gerade zu Ende, es lief Reklame.

Ada stieß einen Schrei aus, als sie die Polizisten auf der Schwelle stehen sah. Der Schrei war nicht laut oder sehr hoch, er kam diesmal aus der Tiefe.

«Guten Abend», sagten sie.

Polizisten bleiben immer freundlich. Immer. Bis sie auf einmal nicht mehr freundlich sind, dann schlägt die Stimmung um.

Während Ada sie in den Flur hineinließ, stellte sie sich mit dem Rücken zu den Jacken und Mänteln an der Garderobe, um anschließend mit einem langsamen Stöhnen auf den Hintern zu sinken, neben die feinbemalte Milchkanne mit den Regenschirmen.

Die Polizisten kamen ins Wohnzimmer, wo Suze wie versteinert in ihrem neuen Kleid stehenblieb, himmelblau mit weißen Paspeln, eigens für ihren nahenden Geburtstag angeschafft.

Ada wollte noch alles Mögliche an dem Kleid abändern; die Kleider aus den Geschäften passten unserer Tochter nur ungenügend.

Ich wusste es natürlich längst, ich habe daraufhin gelebt, aber so deutlich wie jetzt hatte ich es mir damals noch nicht vorgestellt: Wie schrecklich schön sie war, wie frisch, munter und gesund, wie zart. In der Blüte waren Mädchen am schönsten, nein: Am schönsten waren sie kurz vor der Blüte. Das haben Frauen mit vielen Pflanzen gemein.

Direkt vor der Blüte, das ist der Moment, der Höhepunkt. So betrachtet war eine erwachsene Frau per definitionem ein Wesen, das den Höhepunkt überschritten hatte. Ich meinte manchmal etwas von diesem Bewusstsein in dem allgemeinen Verhalten von Frauen wiederzuerkennen.

Ich betrachtete meine große, kleine, blass gewordene Tochter, ihre bange, sprachlose, ihre perfekt zur Schau gestellte Bestürzung. Ein versteinerter Kleiderbügel in einem himmelblauen Kleid mit weißen Paspeln.

Die Polizisten sahen sie dastehen, wandten jedoch nahezu sofort ihre Aufmerksamkeit auf mich. Es verlief ein wenig zu offiziell, fand ich, ein bisschen von oben herab: «Wir verhaften Sie im Zusammenhang mit dem Mord an Rosalinde Edith Dingema.»

Die Hände wurden mir auf den Rücken gelegt.

Ich bekam Handschellen angelegt.

Die Schellen fühlten sich straff an, sie hatten die Schellen gut um meine Handgelenke geschlossen, fest, konnte man sagen, schmerzhaft.

Suze hatte sich noch nicht bewegt, sie hatte noch nichts gesagt. Sie stand einfach da, hilflos. Sie weinte nicht, sie konnte nicht weinen, manchmal ist es noch zu früh für Tränen.

«Meine Tochter», sagte ich. «Suzanne, fast sechzehn.»

Ich sagte es nicht wörtlich, ich weiß nicht einmal, ob ich überhaupt etwas gesagt habe, aber ich dachte schon, und ich glaubte, dass sie verstanden, was ich meinte.

Anstelle einer Antwort führten sie mich aus der Küche durch den Flur, wo Ada immer noch neben der Milchkanne auf dem Boden sitzend vor sich hinstarrte.

«Ada», sagte ich.

Auch sie antwortete nicht, sie hörte mich nicht. Es blieb auch keine Zeit mehr für ein Gespräch.

Die Polizisten schoben mich zur Tür hinaus auf die dunkle Auffahrt zu ihrem Auto, das mit laufendem Motor in Fahrtrichtung geparkt stand.

Mir wurde bewusst, dass das hier der Ort war, an dem ich geboren wurde und aufgewachsen bin, an dem ich mein ganzes Leben verbracht habe. Der Ort, an dem ich geworden war, wer ich war. Nie war ich irgendwo anders gewesen.

Ich wollte noch etwas zu Friso sagen. Er stand draußen an seinem festen Platz und rauchte, neben der Haustür unter dem Toilettenfenster – einen Fuß in den Kieseln, den anderen flach an der Hauswand abgestützt. Er grinste. Er schüttelte grinsend den Kopf.

Friso war jetzt der Mann im Haus, der einzige Mann im Betrieb. Ich wusste so schnell nicht, was ich sagen sollte, außer: «Friso, du bist jetzt der Mann im Haus.»

Wir gingen zum Auto, seine Kippe landete vor meinen Füßen auf dem Pflaster.

Die Zelle war nicht groß, aber das brauchte sie auch nicht zu sein; ein paar Quadratmeter genügten. Ein Bett stand darin und ein Tisch, dessen Beine am Boden festgeschraubt waren. Weiter gab es ein Waschbecken und ein Brett, auf dem man seine Toilettenartikel hätte aufstellen können. Über einer Kloschüssel ohne Brille befand sich eine Kamera in der Decke. Sie konnten mir beim Kacken zusehen. Sie konnten mich sehen, wenn ich mir den Hintern abwischte.

Durch eine Klappe in der Tür, die nur von außen zu bedienen war, betrachteten mich in den ersten Tagen häufig Wachleute.

Da sitzt er, sagten sie.

Die Bestie, schlimmer noch als eine Bestie.

Sie machten Witze über mich. Über meine Statur. Mein Äußeres; klein, unansehnlich und mager. Die Bestie war kleiner als erwartet, weniger stark auch, weniger gefährlich – auf den ersten Blick sogar ziemlich ungefährlich. Die Bestie sah noch nicht mal aus wie eine, eher wie ein Schwächling, eine Ratte, eine Mauerassel.

All diese Bezeichnungen, all die offensichtlichen Versuche, Platz zwischen mir und der Gattung Mensch zu schaffen. Als ob die Wände zwischen Gut und Böse dick und undurchdringlich wären. Als ob hinter diesen Wänden keine echten Menschen wohnten, sondern nur Tiere und Bestien.

Sie hatten etwas Größeres erwartet, etwas Abnormes. Dreizehn Jahre lang hatten sie etwas Größeres erwartet. Jetzt kollidierten die Bilder mit der Wirklichkeit und hinterließen überall kleine Wunden. Das Lachen war Verlegenheit, der Wesenszug der Verwirrung.

Die Wachleute machten Witze über mich, sie versuchten, Witze über mich zu machen, und sie lachten, aber durch das Lachen hindurch konnte ich die Enttäuschung hören.

28

IJLERDINK ZEIGTE SICH ZUFRIEDEN MIT DER ART UND WEISE, WIE ICH MICH DURCH DIE VERHÖRE GESCHLAGEN HÄTTE. Er sagte, ich hätte gut daran getan, alles, ohne zu zögern zuzugeben.

«Ich lese», sagte er, «dass Sie auch ein paarmal emotional gewesen sind.»

Der Anwalt leckte sich die Finger. «Also», sagte er, «dagegen ist nichts einzuwenden, das ist an sich nur gut.»

Ehrlich gesagt musste ich an Suze denken, als die Tränen kamen. Weil sie Geburtstag hatte. Es war ihr Geburtstag. Schon sechzehn, beinahe flügge. Ich weinte, weil ich begriff, dass ihr Geburtstag keiner sein würde. Sie würde den Gästen telefonisch absagen, einem nach dem andern, mit leiser Stimme. Oder war das nicht nötig und verstanden ihre Freundinnen das auch so? Wollten sie überhaupt noch kommen? Gingen sie noch ans Telefon, wenn sie anrief?

Ich sah sie vor mir in dem leeren Haus, allein in dem grauen Licht im Wintergarten, stumm.

Sie hatte sich so lange darauf gefreut.

Sie hatte es sich so schön ausgemalt.

Sie würde lange so stehenbleiben, aber letztendlich würde sie sich umdrehen und aus dem grauen Wintergarten treten. Sie würde an ihre Mutter denken, ihren jüngeren Bruder.

IJlerdink hatte kleine Augen. Ein rundes Gesicht. Er war eigentlich kahlköpfig, nur auf einer kleinen Insel auf seiner Stirn wuchs noch Haar.

«Das ist das, was ich auf der Grundlage der ersten Informationen bisher zusammengestellt habe», sagte er. «Eher eine Art Skizze, eine erste Skizze, ich lese es kurz vor. Aber geben Sie ruhig Laut, wenn etwas nicht stimmt oder ihnen sonst etwas nicht gefällt.»

Er legte seine Papiere zurecht. «Gut», sagte er, «Sie sind Bauer. Ein Vater. Das ist der Kern. Ein Bauer, der immer bis zum Umfallen gearbeitet hat, um für seine Familie sorgen zu können, und bei dem ein einziges Mal, unter dem Druck sehr außergewöhnlicher Umstände, tja, doch, in einer schrecklichen Weise die Notbremse versagt hat. Er kann es selbst nicht mal verstehen», sagte er. «Auch jetzt noch nicht, nach all den Jahren. Er ist ja gerade ein sozialer Mann. Gut zu den Tieren. So kennt man ihn in der Nachbarschaft. Er ist Vater, Erziehungsberechtigter. Jemand, der sein ganzes Leben bis zum Umfallen gearbeitet hat, um für seine Kinder zu sorgen. Und dann plötzlich, ohne Vorwarnung, zack, brennen die Sicherungen durch. Die

Notbremse war ausgeleiert. Die ganze Zeit trat er aufs Pedal, aber er fühlte keinen Widerstand mehr ...»

«Mein Körper übernahm das Kommando», sagte ich. So war es gewesen. So hatte ich es auch in den Verhören gesagt. Ehrlich. Mein Körper übernahm das Kommando. Na ja, nein. Mein Körper handelte und ich kam nicht mehr hinterher, ich konnte ihm lediglich zusehen.

«Warten Sie», sagte er. «Ach ja. Ja. Angesichts der Frage, warum Sie so lange mit ihrer Geschichte gewartet haben, könnten wir anführen – und ich denke, damit tun wir der Wahrheit keine Gewalt an –, dass Sie, wenn es nach Ihnen gegangen wäre, die Tat am liebsten schon sofort gestanden hätten.»

«Ich hatte Angst», sagte ich leise, als ob ich ihn nicht stören wollte.

«Er hat so oft kurz davorgestanden. Das Telefon so oft in der Hand gehabt. Die E-Mail schon geschrieben, den Finger an der Sende-Taste. Aber jedes Mal, wenn er soweit war, hat ihn etwas davon abgehalten. Seine Tochter, sein kleines Mädchen. Dass sie ohne Vater auskommen, dass sie ihn im Gefängnis besuchen müsste. Darum konnte er sich nicht selbst anzeigen. Darum geht es, dass Sie Vater sind. Sie haben sich für die Kinder entschieden.» Er hob den Kopf. «Denn sehen Sie, hätten Sie nur an sich selbst gedacht, dann hätten Sie sich schon viel früher gemeldet, richtig? Dann hätten Sie alles doch hinter sich gehabt!»

Er machte eine kurze Pause. «Ja. Aber so ist es nicht

gewesen. Sie haben sich entschieden, und für mich ist das der Kern dessen, wovon wir reden, ihre Schuld zu tragen, bis die Kinder erwachsen wären. Und das ist», sagte er, «denke ich, die schwierigste Entscheidung, die ein Mensch treffen kann: sich unterzuordnen, sich nahezu aufzugeben.»

Der Anwalt hatte seine Worte kurz nachgelesen. Danach war er vorsichtig aufgestanden und zur Tür gegangen. «Was halten Sie davon?», fragte er. «Erkennen Sie sich soweit ein wenig darin wieder? Gibt es Dinge, die Sie wissen wollen? Einfach raus mit der Sprache, denn jetzt bin ich hier.»

Er klopfte an die Tür, zweimal kurz.

«Strafrecht», sagte er, «ist auch ein wenig ein Reuerecht. Ein klein wenig, doch, ja. Die Leute wollen Reue sehen, das ist nun einmal so, dass würden Sie selbst auch wollen. Und es mag sich vielleicht ein wenig hart anhören, das ist mir klar, aber ich bin auch dazu da, ehrlich zu erzählen, wie es ist. So etwas macht bei Richtern einen Unterschied, das habe ich oft genug erlebt.»

Er schwieg einen Moment.

«Und ein wenig haben sie ja auch ein Recht darauf, nicht wahr, irgendwie, die Angehörigen, die Familie?»

Die Tür öffnete sich, der Anwalt bekam Kaffee in Pappbechern mit Schottenkaromuster hereingereicht. Er nahm sie entgegen und stellte sie auf den Tisch.

«Aber sagen Sie mal», sagte er, während er sich auf den Stuhl fallen ließ, «sagen Sie mal, wie geht es Ihnen?»

Die Frage kam dreizehn Jahre zu spät, wahrscheinlich länger. Wie viele Jahre zu spät, konnte ich auf Anhieb nicht berechnen.

«Wir müssen auch noch kurz über die Zusammenführung sprechen. Dazu sind wir noch nicht gekommen. Hat man das übrigens schon mit Ihnen durchgesprochen, die Zusammenführung?» Er blätterte. «Wann, wie spät und wie und was?»

«Was?», fragte ich. «Welche Zusammenführung?»

«Mit Ihrer Familie natürlich. Hat man das nicht mit Ihnen durchgesprochen? Sie dürfen sie wiedersehen, schon in wenigen Tagen, glaube ich. Haben Sie davon wirklich noch nichts gehört?»

Ich stand auf, ich hatte es nicht erwartet. «Ja», sagte ich. «Nein, nein, aber ich denke, daraus wird nichts, daraus wird denke ich nichts.»

«Wieso? Gibt es ein Problem?»

«Ich sitze hier, ich will nicht zu meiner Familie.» Ich ging zur Tür, hämmerte dagegen, und das erste Mal seit meinem Aufenthalt in diesem Gebäude rief ich nach Wachleuten.

Währenddessen steckte er seine Papiere in die Tasche. Langsam, mit fast gespielter Langeweile, legte er danach seine Unterarme auf den Tisch.

Die Tür öffnete sich, der Kopf eines Wachmanns schaute herein. «Alles in Ordnung?»

«Wir sind gleich fertig», sagte IJlerdink. «Beinahe. Einen Moment noch.»

Ich ging zu dem Stuhl und umfasste ihn mit beiden Händen.

«Den lässt man besser stehen», sagte er. «Den Stuhl.» Er schaute zur Tür, aber die Wachen waren schon wieder weg und sahen nicht, dass ich im Begriff war, einen Stuhl über meinen Kopf zu heben.

«Ich habe das noch nicht gesagt», sagte er. «Ich sage das eigentlich nie, ich brauche das ehrlich gesagt auch nie zu sagen, weil die Leute es meist nicht erwarten können, ihre Frauen und Kinder wieder in die Arme zu schließen, aber ich weiß nicht, ob man so eine Zusammenführung als etwas Freiwilliges betrachten kann. Was sollen denn alle denken, wenn Sie Ihre Familie nicht sehen wollen? Ihre Frau und die Kinder haben auch Rechte.»

29

**FRISO KAM AUS DER SCHEUNE, IN JEDER HAND EINEN
EIMER.** Ein großer Kerl mit langen, starken Armen,
die Ärmel des Overalls brauchte er nicht mehr auf-
zurollen.

«Wir fahren gleich», sagte ich.

Er schaute zu seinen Eimern und zuckte mit den
Schultern.

«Suzanne», rief ich zu dem Toilettenfenster. «Hast du
mich auch gehört? Wir fahren gleich.»

Hinter der Wand klapperte die Klobrille auf den
Rand der Schüssel – wenn man zu rasch aufstand, blieb
sie einem manchmal am Hintern kleben.

Sie seufzte tief. «Papaaa!»

Mit einem Schlag ging das Toilettenfenster zu.

Alles musste zu und verschlossen sein, wenn der Vater
in der Nähe war. Sie versuchten, einen von allem fern-
zuhalten. Aber auch aus einiger Distanz, so viel wie für
Mitbewohner möglich war, zum Beispiel auf dem Flur
oder draußen unter dem Fenster, roch man sie noch, die
eigenen Kinder, dem entkam man nicht, auch wenn sie
mit Streichhölzern und Duftspray dagegen angingen.

Es war nicht schlimm, oft eher beruhigend. Unbewusst roch man ihre ganze Gesundheit, wie bei einem Pferd. Kinder sind nicht schmutzig, Väter sind es. Die Tochter entwickelt allmählich einen Widerwillen gegen die Gerüche, die der Vater hinterlässt, und von dem unbegreiflichen Vergnügen, mit dem er seine Nase in ihre Gesundheit steckt.

«Du lieber Himmel», sagte sie, «wie kalt es ist.» Sie zog den Reißverschluss ihrer Jacke zu, einer langen, wattierten, mit einem hohen Kragen aus Kunstpelz, in dem der größte Teil der Haare und des Gesichts verschwand. «Ist Friso schon fertig?»

Ich zündete mir eine Zigarette an und hielt ihr auch eine hin.

Sie schaute hoch, zögerte, als ob sie eine Falle befürchtete, nahm sich dann aber doch eine aus der Packung.

Suzanne im Licht des Feuerzeugs. Der dünne Nasenrücken, die leicht nachgezogenen Augenbrauen, die Haut, die Lippen um den Filter. Sie rauchte mit ihrem Vater, zum ersten Mal, neben dem Haus, in dem wir beide geboren waren und in dem wir auch beide unsere Kindheit verbracht hatten, als ob wir schon Jahre zusammen rauchten.

Später, wenn sie aus dem Haus ging, würde sie ihre Gerüche mit sich in die Welt nehmen, und langsam, Zimmer für Zimmer, würden sie aus unserem Haus verschwinden.

Es gab keinen Wind, kein Mensch war auf der Straße. Würde ein Sturm folgen, egal ob echt oder sprichwörtlich, und wäre der Sturm einmal vorüber, würde hinterher, nach dem Sturm, auf das hier als die verräterische Ruhe davor zurückverwiesen werden.

Wir nahmen den Verkehrskreisel geradeaus in Richtung Zentrum und bogen vor dem Platz rechts ins Neubauviertel ab. Vor De Dorelaer stand halb auf dem Gehweg ein Lastwagen mit geöffneter Ladeklappe, wo alles Mögliche eingeladen wurde: Stühle, Tische, Tonapparatur.

«Das war für Bolwijk», sagte Friso.

Ich hustete, nicht zum ersten Mal an diesem Tag; vielleicht bekam ich eine Erkältung. Ich hustete, wie Mutter gehustet hatte, als sie noch rauchte. Ein trockener Husten; so weiterzuhusten half wenig, es brachte einen nicht weiter. «Sind alle angeschnallt?»

Suze beugte sich vor. «Was, Bolwijk, dieser Arsch?»

Ich schaltete. «Also sag mal», sagte ich.

«Na ja», sagte sie. «Ist doch so.» Sie schaute zur Seite, nach draußen, wo es schneller dunkel wurde. «Er ist doch auch einfach ein Arsch.»

Ich war am Abend zuvor mit dem Rad hingefahren. Es war voll gewesen in De Dorelaer, das Lokal war proppenvoll gewesen, man konnte die Leute mit den Rücken an die Fenster gedrückt dastehen sehen, und immer noch kamen neue Interessierte hinzu, die

Männer mit den Händen in den Taschen, die Frauen aufgeregt.

Alle wollten hinein, nur Rosas Vater kam heraus, mitten während der Rede von Bolwijk. Ich sah ein von der Trauer deformiertes Gesicht. Auseinandergenommen und wieder zusammengesetzt, aber nicht mehr mit demselben Geist. Der Kiefer stand schief, die Augen, die Ohren. Nichts in dem Gesicht war noch im Lot.

Es war kälter als jetzt, nasskalt. Das Fischrestaurant warf gelbes Licht auf den Platz, die Steine glänzten fett vor Mayonnaise. Man konnte nicht hören, was der Politiker sagte, aber wohl, dass er sprach und dass er in Wellen sprach, die aufkamen und sich wieder legten, immer wieder aufkamen und sich wieder legten, wie die Sucht nach einer Zigarette, allerdings mit kürzeren Pausen dazwischen, ein paar Minuten oder so; ich rauchte dadurch viel schneller.

Mutter war begeistert über die Zentimeter, die die Kinder gewachsen waren, seit sie sie das letzte Mal gesehen hatte. Fünf, mindestens fünf pro Person. Nicht? Ja. Vielleicht auch mehr. Wann war das noch mal gewesen? Sie legte einen Finger an die Lippen und schaute schräg nach oben, als würde sie nachdenken, und schüttelte dann den Kopf. «Ist jedenfalls lange her.» Sie lachte. «Viel zu lange.» Erschrocken rief sie danach: «Möchtet ihr Kaffee!?»

«Nein, nein», sagte Friso und trat ins Wohnzimmer.

«Ich nehme jetzt auch immer zwei Pads», rief Mutter seinem Rücken zu, der breiter wurde, stärker; manchmal, wenn er nur ein T-Shirt trug, konnte man die Muskeln in Schultern und Nacken arbeiten sehen.

«Und wenn du drei nimmst, Oma.» Er ließ sich auf die Couch fallen, legte beide Hände auf den Bauch und sagte zufrieden um sich blickend, als wäre er zu Hause: «Wie ist es hier?»

Die häusliche Pflegekraft entfernte sich lächelnd.

«Tag, Opa», sagte Suze. Sie schob sich zur Begrüßung nur um eine Zehenlänge näher heran.

«Tag, Kind!», rief Opa. Seine Arme schossen aus dem Sessel heraus, er selbst auch beinahe, soweit das ging, es war mehr Geste als Bewegung. Aus den langen, mageren Armen, den Händen mit den Leberflecken und den dürren Fingern sprach eine Art wirres Heimweh: eine Sehnsucht nach etwas, das es nie gegeben hatte.

«Äh», sagte Suze. Für einen Moment, andeutungsweise, legte sie ihr Finger auf seine Hände.

Etwas geschah mit Opa. Ich war der Einzige, der es sah. Es war, als ob der große Zeiger in ihm plötzlich von drei auf sechs Uhr gefallen war und dort noch etwas auspendelte. Er ließ sich in den Sessel sinken. Ein tiefer Seufzer folgte – irgendwie eine Anerkennung, dachte ich noch kurz, des Scheiterns, mit dem er ein Gutteil seines Lebenswegs belegt hatte, aber im nächsten Moment schien das schon wieder vergessen und er wandte sich seinem Enkel zu.

«Es geht», sagte er. «Ich darf nicht meckern, in meinem Alter.»

«Man», sagte Friso. «Vielleicht wirst du noch hundert.»

«Ja, vielleicht», sagte Vater. «Vielleicht schon. Aber für Vielleicht kaufe ich keine Kohlen. In meinem Alter lebt man von Tag zu Tag. Man hat schon so viel bekommen, so viele gesunde Jahre – man will ja auch nicht habgierig sein, man will auch noch was für andere übriglassen.»

Ich beugte mich über ihn.

«Was tust du?»

Ich wusste, wie sich der Tod ankündigte. Es begann in den Augen. Normalerweise erzählten die Augen die ganze Geschichte. Die Gefühle. Alles, was im Moment in einem umgeht. Die Augen gingen kaputt. Sie brachen. Das Blau brach, die Farbe, direkt unter der dünnen Haut, das wie ein feiner Wasserfilm über den Augen lag. Darunter zerbrach die Farbe in Scherben, in kleine Eissplitterchen, die noch etwas vor sich hintrieben, bevor sich alles wegdrehte, das ganze Auge.

Er war mager, er magerte weiter ab. Alle Kraft war aus seinem Leib verschwunden. Das war zu sehen, das waren die Tatsachen. Vielleicht war es auch ein Zeichen, das auf irgendetwas hindeutete oder irgendwas im Voraus anzeigte, soweit würde ich sogar gehen, aber in seinem Gesicht, seinen Augen, deutete noch nichts auf ein nahendes Ende hin.

Ich setzte mich. «Ich denke, du hast noch ein Weilchen.»

«Wo ist Ada?», fragte Mutter. Danach wandte sie sich zu Vater, die Hände in den Hüften. «Ja, du bist alt, Jan. Du bist alt. Sehr alt.» Sie klarte auf, als sie das sagte, als ob sich beim Reden der Nebel in ihr hob, als ob sie nach jeder Wiederholung ein kleines Stückchen jünger wurde. «Alt», sagte sie. «Nicht mehr jung, und das wirst du auch nicht mehr werden. Wo ist Ada?»

«Ich habe», sagte Vater.

«Gibt es auch andere Themen?» Mutter drehte sich um und ging in die Küche, die Finger an den Schläfen. «Gibt es auch noch andere Themen?»

«Du gehst doch jetzt noch nicht, Opa?», sagte Friso.

«Was?»

«Du gehst doch noch nicht?»

Er seufzte. «Nein», sagte er. Es klang wie eine Enttäuschung. «Jetzt würde ich einen Kaffee mögen», sagte er. «Ich habe Durst; nicht, dass ich etwas schmecke. Tille, ist der Apparat schon an?»

Ich stellte eine Tasse unter den Apparat, tat zwei Pads hinein. Es war, als ob ich krank würde, es ging um, es war die Grippesaison, um diese Zeit des Jahres erwischte es mich öfters. Die Temperatur erhöhte sich. Kein Fieber. Wohl etwas erhöhte Temperatur. Von der

Art, die dem Geist eine gewisse Leichtigkeit verschaffte, eine künstliche Aufgewecktheit, so wie Energie manchmal auch falsch sein konnte, wenn man nachts, mit ich weiß nicht wie viel Kilometern hinter sich, immer noch nur für das, was vor einem lag, Interesse aufbringen konnte.

Mit einem Tablett und zwei Senseo-Tassen mit doppeltem Senseo ging ich zurück.

Suze lachte, ich hatte sie seit langem nicht mehr so fröhlich erlebt.

«Aber ja», sagte Mutter. «Hier, seht nur.»

«Wie ein Ei dem andern», stöhnte Vater.

Es war dunkel jetzt. Man konnte nicht mehr hinaussehen. Vielleicht störte es die Leute darum nicht, in einem Schaufenster zu wohnen. Man sah sich selbst in dem Fenster. Zum Beispiel einen Mann, der mit beiden Händen ein Tablett hielt, in einem Zimmer voll Familie. Das hatte nichts Beunruhigendes.

«Du, Pa, sieh mal, hier ist Oma noch sehr jung. Sieh dir mal das Kleid an. So etwas will ich auch für mein Fest.»

«Welches Fest?» Mir fehlten noch Zucker und Milch. Und Kekse.

«Was?», sagte Opa.

«Ja, was fragst du mich», sagte ich, aber ich fühlte mich nicht so gut. Meine Körpertemperatur war leicht angestiegen, aber das war normal, wenn man erkältet war oder einem eine Grippe in den Knochen steckte, dass die Temperatur im Laufe des Tages noch etwas weiter ansteigen konnte.

«Machen Asylanten eigentlich auch mit?»

«Was?» Ich stellte das Milch- und Zucker-Set auf den Tisch.

«Bei dieser DNA-Untersuchung», sagte Vater. «Machen die Asylanten da auch mit?» Er schaute umher. «Denn sonst macht so eine Untersuchung natürlich nicht so viel Sinn. Wenn das Asylantenheim nicht mitmacht, hat man immer noch keine Sicherheit. Dann kann man so lange untersuchen, bis man schwarz wird, wenn das Asylantenheim nicht mitmacht.»

«Ich weiß es nicht», sagte ich, «darüber habe ich nicht nachgedacht.»

«Es ist auch noch gar nicht mal sicher, dass es dazu kommt», sagte Friso, «bloß, weil sich dieser Bolwijk auf einmal in die Sache einmischt.»

«Dieser Widerling», sagte Suze.

«Na», sagte Opa, «er ist immerhin ein Abgeordneter!»

«Das war Hitler auch», sagte Friso. Er strahlte, er schlug sich recht gut in der Schule, konnte ich sagen, soweit ich als Vater einen Einblick hatte.

«Er bringt uns der Untersuchung ein Stück näher», sagte Vater. «Er mag zwar hundertmal ein Widerling sein, aber er bringt uns der Untersuchung doch ein Stück näher.»

«Jan.»

«Ist es denn nicht so? Ist es nicht so? Wenn nicht,

dann musst du es sagen. Bringt er uns dieser Untersuchung etwa nicht näher?»

«Sprich nicht so, wenn die Kinder dabei sind.»

«So klein sind sie nicht mehr», sagte ich.

«Ich kann es kaum erwarten», sagte Vater. «Sobald sie diese Untersuchung bekanntmachen, melde ich mich an.»

«Na ja», sagte Friso, «ich bin mir nicht sicher, ob man sich dafür anmelden kann. Ich denke, zu sowas wird man vorgeladen.»

Vater dachte kurz nach, an seinem letzten Backenzahn saugend.

«Ich denke nicht, dass sie dich vorladen», sagte Friso.

«Es ist für alle Männer», sagte Mutter.

«Nicht, wenn man so alt ist.»

«Wieso, alt?», sagte Vater. «Was hat das Alter jetzt wieder damit zu tun?»

Friso sah erst zu seinem Großvater und dann der Unterstützung wegen zu mir, und ich nickte ihm zu. «Na ja», sagte er, «ich denke, sie gehen irgendwie davon aus, dass Babys und Alte mit einer Behinderung nachts keine jungen Mädchen in die Wiese zerren.»

«Warum das denn nicht?» Vater rutschte vor in seinem Stuhl, plötzlich wütend. «Meinst du etwa, ich könnte nicht …» Dann warf er einen Blick auf Suze, als zöge er in Erwägung zu zeigen, wozu er noch alles imstande war, aber das war natürlich nicht wirklich gemeint, nicht echt, nicht ernsthaft.

«Ich mache der Form halber mit», sagte er, die Augen an die Decke gerichtet, mehr zu sich als zu uns. «Ich will zeigen, wofür ich stehe.»

30

FÜR DIE DNA-UNTERSUCHUNG WURDE EIN IMAGINÄRER KREIS UM DAS DORF GEZOGEN ODER, UM GENAUER ZU SEIN, UM DEN TATORT, WIE SIE DIE WIESE HINTER DER BÖSCHUNG MANCHMAL NANNTEN. Ein Kreis, aus dem es kein Entrinnen mehr gab, selbst wenn man gewollt hätte, was nicht so war.

Ich befand mich im Stall, als die Nachricht bekanntgegeben wurde. Wir hatten gerade eine Kuh besamt. Eine schwierige; in der Gebärmutter stand Urin. Man musste ein Röhrchen mit einer Hülle durch den kranken Anfang schieben, um den Samen in den gesunden Teil zu bekommen.

Sein Nacken wurde dicker, auch seine Arme und Unterarme. Ein paar Jahre noch und er war stärker als ich. Es war in gewisser Weise auch das Ziel der Erziehung. Man bildete Kinder für das Leben aus. Man gab ihnen alles, was man hatte, noch seine letzten Kräfte investierte man in sie. Genau so lange, bis sie groß und stark genug waren. Wenn sie einem die Knochen brechen konnten, war die Erziehung zu Ende, fertig, vollbracht.

Friso hatte fast nichts gesagt. Nur mit großen Augen zugeschaut, von dem Moment an, als ich das Röhrchen aus dem dampfenden Stickstoff holte und es unter meinen Pullover steckte, um es aufzuwärmen – «So bekäme sie einen Herzschlag», sagte ich – bis ich mir eine halbe Stunde später das gebrauchte Plastik von den Armen zog. Der Junge war neugierig. Man lernte am meisten, wenn man wenig sprach.

Wir gingen zusammen zur Scheune zurück, Vater und Sohn, gerade eine Stück Arbeit erledigt, als Friso das Radio einschaltete und wir die Nachricht hörten.

Nichts geschah mit mir, ich fühlte nichts, nichts durchfuhr mich.

Etwas, worauf man dreizehn Jahre gewartet hat – das heißt fast, fast dreizehn Jahre, auf ein halbes Jahr kam es nicht an – kann, wenn es dann doch noch kommt, und doch noch unerwartet, auch nahezu enttäuschend sein. Etwas, worauf man dreizehn Jahre gewartet hat, kann den Erwartungen nicht mehr genügen. Es hat ihrer zu viele gegeben. Ungleichartige. Man hat schlichtweg zu lange gewartet, die Wartezeit ist zu lang gewesen.

So ging ich durch die Scheune in die Waschküche, enttäuscht, während Friso, schon aus seinem Overall, vor mir entlang durch die Küche ins Wohnzimmer rannte.

Sofort ging dort der Fernseher an, ein Musiksender oder sonst etwas, ich konnte es nicht sehen, Suze stand in der Küche, mir genau im Bild, aber hören konnte ich es schon. Die Bässe, besonders die Bässe, aber auch das Krachen und die Begeisterung von Leuten mit einem Mikrofon. Ich konnte mich nicht daran gewöhnen, den ganzen Tag dieser Lärm im Haus.

Ein einziges Mal ist mir rausgerutscht: «Ist das jetzt Musik?»

Es war ein Reflex – man wollte nicht so sein, man hatte mit sich selbst vereinbart, dass man so nicht werden würde, aber es war zu spät, es war schon passiert.

«Verrückt macht einen dieser Krach», hatte Ada gesagt. «Aber ich weiß schon jetzt, dass ich mir später, wenn sie weg sind, allein diesen dummen Mistsender anschauen werde.» Sie hatte tief Luft geholt und danach gesagt: «Verstehst du, was ich meine?»

Suze erblühte, das Vorstadium der Blüte. In diese Phase war sie gekommen, in dieses Stadium kurz vor der Blüte, in der sich alles öffnete, der Geist, die Haut, die ganze Blume. Es war mit einem Mal passiert, schien es, mehr als ein paar Wochen konnten darüber nicht ins Land gegangen sein, oder ich war mit der Nase einfach zu nahe dran gewesen.

Vielleicht ging sie zum Sport oder kam gerade von dort zurück, denn sie trug eine Jogginghose und ein Shirt aus glänzendem Stoff.

Suze und Ada standen einander gegenüber in der Küche, die eine angespannt in ihren Sportschuhen, die andere mit dem Gewicht auf einem Bein und einer Hand am Küchentresen. Sie konnten gut miteinander reden, jedenfalls taten sie es immer öfter. Manchmal erzählten sie sich gleichzeitig eine Geschichte und nutzten die gegenseitigen Atempausen, um immer wieder rasch den Faden der eigenen Erzählung aufzugreifen.

«Es ist nur für einen Abend», sagte Suze. Der hohe Pferdeschwanz bewegte sich, wenn sie sprach, ihre Stimme hatte an Klarheit gewonnen. «Nur einen Abend. Und wir räumen auch selbst alles wieder auf.»

Die Zeit ging schnell – sie flog einfach vorbei, erst recht im Rückblick. Auch dieser dreizehnte Winter nach dem Unglück würde wieder vergehen. Der Himmel würde sich öffnen, das Land würde trocknen, das Frühjahr würde folgen, die Farbe in die Welt, das schöne Wetter. Suze würde selbst entscheiden, was sie für die Schule, die Stadt oder ein Treffen mit Freundinnen anzog.

Sie wippte mit den Füßen. «Mama?»

«Was gibt's zu essen?», rief Friso.

Der Fernseher lief, er zappte durch die Sender, in hoher Lautstärke wurden rasend schnell immer wieder neu erklingende Stimmen erstickt.

«Broccoli», sagte Ada. Die Neuigkeit stand ihr blass ins Gesicht geschrieben. Aber sie schlief auch nicht gut in letzter Zeit. Sie müsste weniger essen und mehr ins Freie, sich mehr bewegen, vor allem in dieser Jahreszeit war das wichtig, wenn es wenig Tageslicht gab.

Auch Suze drehte sich zu mir um. Kopf, Schulter, der Oberkörper über den Hüften; ihre obere Silhouette. Es war das erste Mal, dass ich mir vorstellte, sie sei jemand anderes. Ein Mädchen, das ich nicht kannte, im Geschäft oder irgendwo auf der Straße gesehen. Obwohl im selben Dorf wohnhaft, warst du ihr nie vorher begegnet. «Das geht doch, Papa, oder?», sagte sie – auf einmal wieder konnte sie nie jemand anderes gewesen sein. «Das eine Mal? Das findest du doch auch? So verrückt ist das doch nicht? Ich werde sechzehn. Ich habe nie Freundinnen da.»

«Hier ist er!», rief Friso. «Hier ist er, der dicke Bolwijk!»

Ada schaute mich an.

Ich schaute zurück.

So sahen wir uns gegenseitig eine Weile an.

Mit Suze zwischen uns, unserem Kind, einem großen Kind.

Sie hatte recht. Sie hatte nie Freundinnen da. Sie standen nie vor der Tür, sie klingelten nie. Ehrlich gesagt hatte ich sie nicht vermisst, aber jetzt, wo sie davon anfing, fiel mir in der Tat auch auf, dass sie nie Freundinnen dahatte.

Ich ging ins Wohnzimmer.

Überall lag etwas, Kleidung, Hefte, Teller, sogar eine Bananenschale auf der Couchlehne. «Du bekommst dein Fest», sagte ich. «Natürlich bekommst du dein Fest. Du wirst sechzehn. Du hast nie Freundinnen da. Warum hast du nie Freundinnen da?»

Sie schaute mich an, als ob sie einen Klaps bekommen hätte. Von mir, ihrem Vater, der sie noch nie geschlagen hatte und das auch nie tun würde. Auch nicht beinahe.

Nie. Danach drehte sie sich um und stampfte davon, mit einer Heftigkeit im Gesicht, die mich an Ada erinnerte. Ich hatte es auf einmal gesehen. Sie musste erst heftig werden, dann war da eine Ähnlichkeit.

31

SIE FÜHLTE, DASS IHRE ZEIT GEKOMMEN WAR, SIE FÜHLTE FAST JEDEN TAG EIN ODER ZWEI MAL, DASS IHRE ZEIT GEKOMMEN WAR, FAST JEDES MAL, WENN SIE MICH ANKOMMEN HÖRTE, DACHTE SIE, DAS ENDE WÄRE DA UND ICH WÄRE DERJENIGE, DER ES IHR BEIBRINGEN WÜRDE. Sie versuchte immer zu entwischen, wegzutauchen, sich hinter die anderen zu stellen. Jetzt streckte sie ihren Kopf unter dem Hals ihrer Nachbarin hindurch und versuchte, diesen anschließend anstelle ihrer Nachbarin durch das Gestänge ins Futter zu stecken, in der Hoffnung, ich würde die Tiere verwechseln und das falsche auswählen.

Nach ein paar Monaten sind die Hufe von Kälbern normalerweise genügend ausgehärtet, um im Stall, auf dem Beton und den Gittern, heil bleiben zu können. Bei ihr war das nicht so gewesen, ihre Klauen waren so oft entzündet, dass ich andauernd mit dem Schleifer ranmusste. So hatte ich ihr in jungem Alter außer gesunden Klauen auch Angst vor Menschen beigebracht.

Langfristig blieb so von der Gewogenheit, die ich ihr zuvor noch mühelos entgegengebracht hatte, immer weniger übrig. Im Lauf der Jahre hatte sich das Mitgefühl abgenutzt und manchmal schon in die Art von Gleichgültigkeit verwandelt, die einem später leidtat, was man beim nächsten Mal aber schon wieder vergessen hatte.

Winterkälte, der Nordostwind drückt auf den Stall. Die Arbeit ging weiter, das musste sein, obwohl ich seit ein paar Wochen mit immer blutleererer Sicherheit wusste, dass dieser Abschnitt meines Lebens zu Ende war. Dieser Lebensabschnitt war zu Ende, fertig, vorbei, im Nachhinein hatte er schon lange genug gedauert. Ein neuer Abschnitt brach an, eine neue Zeit, die ließ bloß noch auf sich warten – man wusste nicht, wie lange es noch dauern würde.

Ich stützte meine Hände auf zwei Hintern und hebelte mich über die Kuh, hinter der sie sich versteckt hatte, und trat ihr einige Male gegen den Kopf. Sie wimmerte und klagte, der Stall begann zu muhen, überall hoben sich Schwänze, aber so fest war es gar nicht gewesen.

Ein Weilchen wartete ich, bis es wieder ruhig war, danach holte ich sie aus der Reihe und nahm sie mit nach hinten. Eine ängstliche Kuh versteckt sich gern mit dem Kopf in der Abtrennung, sie laufen sofort hinein, das war der Vorteil. Ich brauchte nur zu warten, bis sie sich versteckt und gefangengesetzt hatte, und konnte die Riemen hinter ihr festmachen.

Als ich die Schlinge um das Bein legte, fühlte ich den ersten Stich in der Brust. Einen scharfen Schmerz, der nicht gut zu lokalisieren war. Erst füllte er wie eine Pilzwolke die ganze Brust von innen, danach klang er wieder ab.

Ich drückte auf den Knopf – über eine Seilrolle wurde das Hinterbein der Kuh vorsichtig angehoben – und bekam einen Schlag auf die Brust, als ob von außen plötzlich ein großer Druck auf das Brustbein ausgeübt würde. Mir wurde mulmig, es fühlte sich an, als hätten mich zwei riesige Hände von hinten umfasst und versuchten, den Saft aus meinem Brustkorb zu pressen; als ob ich vakuumiert würde.

Ich versuchte weiterzumachen, der kalte Schweiß stand mir auf dem Rücken, im Nacken und auf den Armen, allem, das dem Wind ausgesetzt war, und ich nahm die Klaue zwischen meine Beine und setzte den Winkelschleifer an. Kreischend fraß sich der Schleifer zu der Krankheit unter dem Horn vor.

«Tille», rief Suze – was sie sonst nie sagte oder rief: «Tille!»

Ich schaute zur Seite, sie hatte das Licht im Rücken.

«Wir essen gleich», sagte sie und drehte sich fast schon wieder um. «Mama fragt, ob du dich ein bisschen beeilen kannst, weil sonst das Essen zerkocht.»

Der Winkelschleifer fiel mit aus den Händen und rutschte auf dem Schleifblatt über den Boden.

Sie kam sofort zurück, ich sah es aus dem Augenwinkel, während ich über die Klaue gebeugt zwischen meinen Beinen nach Atem rang, nach einer Möglichkeit einzuatmen suchte, bevor ich schwankte und zuletzt vornüberfiel, mit der Schulter auf den Boden; ich fühlte meinen Kopf leicht aufschlagen.

«Geht es?», fragte sie.

Ich schaute sie an; was sollte ich sagen? Ich lag im Stall, so war die Geschichte, sie war selbst dabei, und es war mein eigener Stall, der Stall, in dem ich mein Leben verbracht und den ich bis auf den letzten Cent abbezahlt hatte, und doch wollte die Bank keinen neuen finanzieren. Ich rollte auf die Seite, das fühlte sich besser an. Ich war vollkommen verdreckt.

«Geht es?», fragte sie. «Geht es, Papa?»

Kinder müssen sich von ihren Eltern lösen, so läuft es, so muss es sein, so ist es immer gelaufen, die gesamte Geschichte hindurch, auch bei den Tieren, es ist ein natürlicher Prozess. Ungeachtet der Eltern. Unabhängig von den Eltern. Wie sie sind, wer sie sind, wie es ihnen ergeht. Es muss freiwillig geschehen, das ist wichtig. Sonst ist es nicht echt und man kann es ebenso gut lassen.

«Was ist, Papa? Geht es denn?»

«Ich liebe dich», stieß ich hervor. «Ich liebe dich, Suzanne Storkema.»

Der Winkelschleifer war aus, ich strampelte vor Schmerzen, ich lag auf der Seite auf dem Boden und machte vor Schmerzen Strampelbewegungen. Es war, als würde ich zu einem Klumpen zusammengezogen, möglichst klein in mich selbst zurück, in Erwartung des Schmerzes, der mich zuletzt durchzucken würde.

«Ich liebe dich», sagte ich.
Es konnten meine letzten Worte sein.
Ich wollte sie nicht auf Nebensächlichkeiten verschwenden.
Zum Kern sollten meine letzten Worte vordringen.

32

ICH WAR NICHT RELIGIÖS, SOWEIT MAN SO ETWAS VON SICH SELBST SAGEN KANN. Seit dem Tag, als ich es selbst entscheiden durfte, bin ich nie mehr zur Kirche gegangen. Ich bin nicht vom Glauben abgefallen, auch nicht darüber gestrauchelt. Der liebe Gott hat mich nicht verlassen, er ist nie bei mir zu Besuch gewesen, ich hatte ihn auch nicht eingeladen. In mir ist so wenig Glaube, dass er bleiben darf. Er stört nicht. Ein Restchen Kleingeld in der Hosentasche, mehr ist es nicht. Ganz selten klingelt mal was, weiter denkt man nicht daran.

Aber ich glaubte nicht, dass es ein Tille förmiges Loch in der Wirklichkeit gab, in dem nur ich mich bewegen konnte. Wir waren eins mit allem, mit der Luft und den Bäumen und den Tieren – allesamt Teil von ein und demselben Etwas, das wir nicht benennen können.

Ich hatte Futter gefahren.

Danach war ich auf den Traktor gestiegen und bis hinten aufs Feld weitergefahren. Es fror, die Welt war weiß und reifbedeckt, die Dächer, Zäune und Bäume.

Der Horizont war in dem Grauweiß verschwunden und man sah nicht, wo sich die Sonne befand.

Kein Mensch war zu sehen, auch kein Tier, nur die Krähen flogen noch bei diesen Temperaturen. Das Schilf stand geknickt und ausgebleicht in dem eisigen Wassergraben. Bei Derksen ruhte die Arbeit. Seine Ställe hatten sich zu dem ausgewachsen, was sie waren, zwei grüne Ungetüme in dem kalten Winterland, mit einem zirkuszeltgroßen Güllesilo aus Beton.

Aus diesem Stall kam keine Kuh mehr ins Freie. Der Gestank um unsere Betriebe änderte sich, wurde weniger intensiv. Als wäre man von einem geschmackvollen Wein auf irgendein Gesöff umgestiegen.

Die Welt war weiß, aber unter dem Reif sah die Erde schwarz aus. Ich fuhr nicht gerade, sondern schräg über das Land, quer zu den Furchen, als ob die Reifen von oben gesehen ein großes Ungleichheitszeichen zwischen zwei gleiche Parzellen zögen, das Ganze von oben herab in zwei gleiche Hälften aufteilten.

Ich machte den Traktor aus, ich konnte den Motor nicht mehr hören.

Die Stille nahm mir eine Last von den Schultern. Ich stieg ab, den Zündschlüssel in der Hand, der Traktor konnte mir nichts tun, und setzte den Fuß auf den Boden. Zum ersten Mal seit Wochen war es windstill.

Dann ging ich ein Stück ins Land hinein, dreißig Meter ungefähr. Wenn man auf die gefrorene Kruste trat, hörte man trockene, knackende Geräusche, als würde man über dünne Zweige gehen.

Vater hatte es nicht geschafft. Er hatte es selbst schon gesagt und prophezeit, aber da hatten wir es nicht glauben wollen. Mutter rief an und redete sofort drauflos. «Er hat es nicht geschafft», sagte sie, als wäre das eine größere oder bedeutendere Nachricht, als dass er gestorben sei.

Sie sprach laut, sie war aus dem Telefon im Zimmer zu hören. Darüber, wie kalt es gewesen sei; sie habe kein Auge zugemacht. «Man schläft direkt am Boden hier», sagte sie. «Ich bekomme es nicht warm unter diesem Flachdach.»

Dann stand Ada neben mir, in der Klangwolke aus meinem Telefon. Sie legte ihren Arm um mich, obwohl sie wusste, dass das überflüssig war. Wir dachten oft, dass es nur zwei Arten gab: die Heuchelform oder keine Form, die Abwesenheit ist uns ein größerer Gräuel als die Scheinheiligkeit. So standen wir da, nah aneinander, zwischen uns das Telefon.

«Mutter», sagte Ada, «ich weiß, dass es kalt ist, aber wo ist Jan jetzt? Wo ist Vater?» Tränen quollen ihr aus den Augen. Sie sah zu mir, sie beobachtete mich.

Mutter seufzte. «Ja, Ada, weißt du es?»

Ada atmete schnell. Ich kannte diese Atmung. «Ich meine, Vater selbst», sagte sie. «Jan. Seine äh, Leiche.»

«Sterblichen Überreste», sagte ich.

«Die sterblichen Überreste», sagte Ada.

«Jan war nie kalt», sagte Mutter. «Nie, selbst wenn es Stein und Bein fror. Er sagte immer: Mensch, jetzt jammere doch nicht so wegen dem bisschen Kälte. Jammere nicht herum, Mensch. Immer dieses ‹Mensch›. Ich habe es nie gemocht, dass er ‹Mensch› sagte, auch nicht, wenn es um andere Leute ging, dann habe ich auch meine Meinung dazu gesagt. Er war kein Mann für ein glückliches Zusammenleben.»

Ich bin mit Derksen zur Sporthalle gegangen, um DNA abzugeben. Es war etwas, wo man zusammen mit seinem Nachbarn hinging. Das sah man öfter. Dass Männer, die sich kannten, oft aus derselben Straße kamen, eine Zeit vereinbarten, um miteinander zur Halle zu gehen.

Wir hatten uns in De Dorelaer verabredet, er saß schon da, als ich hereinkam. Mehrere Männer waren auf die Idee gekommen, auf den Moment anzustoßen, auch wenn das ein zu feierliches Wort für die Stimmung war, in der man sich in dem Lokal versammelt hatte.

Mit der bedrückten Atmosphäre, die die Männer wie der Rauch eines Lagerfeuers umgab, wollte ich nichts zu tun haben. Wie der Rauch eines Grills im Garten nebenan. Der Rauch fiel über den Zaun auf die Gesellschaft herab und blieb da eine Zeit lang reglos hängen.

Die bedrückte Stimmung hatte sich nicht nur dieser Männer, sondern des gesamten Dorfs bemächtigt; der Kinder, Adas, eines jeden. Über allem lag eine Decke aus Bedrücktheit. Als ob jeder begriff, das ganze Dorf, dass das Fest vorbei war. Dass das Fest ein Ende genommen hatte. Die Jagd war schön gewesen, aufregend. Die Jagd war immer schön. Aber demnächst wurde die Beute blutend aus dem Waldrand geschleift und ihnen auf dem offenen Feld vor die Füße gelegt.

Wir stapften als Nachbarn über den Gehweg, unter Vordächern hindurch, an nassgeregneten Fassaden entlang. Wir bogen um die Ecke und kamen an der Kirche vorbei. Dahinter standen Männer Schlange vor dem Eingang der Halle, schoben sich stumm weiter, die Hände vor dem Bauch.

33

ICH TRAT IN DAS DUNKLE SCHLAFZIMMER. Das Licht aus dem Flur fiel hinter mir herein.

«Ada», sagte ich. «Schläfst du schon?»

Sie lag unter der Zudecke wie ein Berg. Das Haus war still wie meine Frau. Nirgendwo tönte irgendein Lärm. Die Kinder schliefen, der Stall war still, die Hauptstraße. Der Wind legte die Luft geräuschlos aufs Land.

«Ada», sagte ich. «Ada Storkema.»

Etwas lauter jetzt.

Es war auch schon das zweite Mal.

Meine Stimme klang ernst, überzeugt. Andere hätten in der gleichen Situation wahrscheinlich schärfer geklungen.

Ich ging zu ihrer Seite des Bettes, fasste sie an der Schulter und rüttelte daran. Nicht sanft, die Zeit der Sanftheit lag hinter uns. Als wir jung waren, miteinander gingen, als Ada ein Kind wollte und ihren Wunsch oft kundtat, da war die Zeit der Sanftheit gewesen.

«Ada», sagte ich.

Drittes Mal.

An sich fand ich es nicht schlimm, Dinge zu wiederholen. Wiederholungen waren notwendig im Leben. Waren sie einem zuwider, durfte man sich keine Kinder oder Kühe anschaffen. Trink deinen Saft aus, wasch dir die Hände. Es war nicht schlimm, es waren Kinder. Sie lernten dadurch. Die Struktur der Persönlichkeit war noch weich, in der weichen Struktur bildete sich langsam ein Konzept aus, ein Charakter. Wir wiederholten und wiederholten, sie lernten und machten langsame Fortschritte – sie entwickelten sich zu echten Menschen, Fleisch und Blut.

Aber Ada war kein Kind, ihre Struktur war nie weich gewesen, ich hatte sie schon ausgehärtet vorgefunden. Dann war es anders. Eine andere Geschichte. Ärgerlicher.

Ich streckte mich und schaute mich um. Das Zimmer war mittlerweile einigermaßen hell geworden, noch nicht grell erleuchtet, aber die Birne auf dem Flur war auch nicht besonders stark. Dann sagte ich: «Ich habe keine sonderliche Lust auf das hier, Ada. Echt nicht. Ich glaube nicht, dass ich heute große Lust auf das hier habe. So fest kannst du nicht schlafen.»

Zum zweiten Mal fasste ich sie bei der Schulter. Mir waren Wiederholungen nicht zuwider. Auch nicht, wenn sie auf lange Sicht etwas Tragikomisches bekamen. Dass einem klar wurde, und zwar nicht zum ersten Mal, dass man immer wieder bei demselben Punkt landete, egal, in welchem Zustand oder in welcher Richtung man zuvor das Haus verlassen hatte.

Ich seufzte.

«Letzte Chance», sagte ich. Wie ich es auch so oft zu Suze gesagt hatte, in vielen unterschiedlichen Situationen. «Das ist deine letzte Chance, Suzanne. Du darfst selbst wählen: Willst du einen lieben oder einen bösen Papa?»

«Ich zähle bis drei», sagte ich zu Ada, der Frau, die sich im Schlaf versteckte, was feige war, die Angst hatte ihr wieder mal einen schlechten Rat gegeben.

Ich wartete. Ich lebte von meiner Geduld, aber das bedeutete nicht, dass man immer weiter davon trinken konnte, ohne dass der Boden der Flasche irgendwann in Sicht kam.

Ich zippte meinen Overall auf.

Das heißt, ich zippte nicht, der Overall hatte Druckknöpfe.

So sah man schon, wie wir die Quelle der Erinnerung oft selbst vergiften, sofort schon, von Anfang an – und wenn es nur ein Tropfen in einem Schwimmbad war.

Der Overall glitt von mir ab.

Ich war nackt darunter, seit Stunden war ich nackt unter meinem Overall, nackt und glatt, und als ich einmal nackt war und der Overall als Häuflein auf dem Fußboden lag, streckte ich meine Arme in Schulterhöhe zu den Seiten aus.

«Der Herr ist wahrlich auferstanden», sagte ich.

Auch um das Eis zu brechen. Der Bogen muss nicht immer gespannt sein.

Ada reagierte nicht.

Obwohl sie wusste, wie konsequent ich war. Sie selbst hatte mir beigebracht, dass neun von zehn Malen konsequent sein faktisch inkonsequent ist. Ich verstand. Die Kämpfe, für die man sich entschieden hatte, musste man gewinnen. Man musste konsequent bleiben, immer, selbst wenn man eindeutig unrecht hatte, sonst maßen sie deinen Worten künftig keine Bedeutung mehr bei, hörten sie nicht mehr auf dich, auch dann nicht, wenn es wichtig war.

Mit beiden Händen fasste ich sie bei der Schulter und drückte sie mitsamt Zudecke und allem auf den Rücken. Und da lag sie, Ada, meine Ehefrau, mit Suze in den Armen. Fest an sich gedrückt. Ein menschlicher Schild von fast sechzehn Jahren.

Sie bewegte sich nicht, atmete nicht, zwinkerte nicht mit den Augen. Von außen betrachtet hätte sie auch gelähmt sein können.

Mir brach das Herz.

Es zersprang wie Glas, das die Hitze nicht länger verträgt.

Lange Zeit passiert nichts. Und dann auf einmal, zack – von nichts zu etwas. In einem Augenblick. Einem kurzen Moment. Es gab weder Anfang noch Mittelteil, das Ende kam sofort.

Wäre ich ein anderer gewesen, hätte ich anders reagiert.

Es hätte nicht viel gefehlt und ich wäre ein anderer gewesen, ein anderer Bauer. Andere Bauern fand man überall, ich brauchte nur hinauszugehen und auf ein paar zu zeigen. Man brauchte nur ein Stück ins Dorf zu radeln, überall begegnete man welchen.

Ich schaute auf meine Frau im Bett.

Ich schaute auf den menschlichen Schild in ihren Armen.

Mein Herz brach wie Glas, weil meine Tochter sich in den Armen ihrer Mutter befand. Sie war keine Egoistin, sie dachte an andere, die Erziehung machte sich fast erwachsen in ihr geltend.

Ich beugte mich vor.

Ich streckte meine Hand nach ihr aus.

Sie zuckte, Ada auch, sie zuckten beide.

Ich legte meine Hand auf ihre Wange, weil es mittlerweile langte, eine ganze Vorstellung hatte sie schon aufgetischt bekommen, noch schlimmer brauchte es echt nicht zu werden. Ich drehte den Kopf auf die Seite und schaute ihr in die Augen.

«Soweit die Abteilung Blümchen und Bienchen», sagte ich.

Ein Scherz.

Schnell raffte ich meine Sachen zusammen.

«Ich muss mal kurz nach draußen», sagte ich. «Eine rauchen.»

Und ich ging die Treppe hinab, zog mich unten im Flur an und rauchte vor der Tür. Es war eine dunkle Nacht, dunkel und klar. Manchmal kam ein Fahrrad vorbei.

34

ZUSAMMEN MIT DEM MORGENLICHT TRUDELTE ICH EIN.
Die Lampe im Flur brannte noch. Die Tür zur Küche stand offen. Auch dort brannten die Lampen noch. Das Haus war wach, durchwacht. Aber man hörte keine Stimmen und keine Kaffeemaschine.

Rosa hatte gebissen und gekratzt, sie trug meinen Namen unter ihren Nägeln ins Grab. Die Polizei hatte längst eine Übereinstimmung gefunden, das konnte nicht anders sein, und doch hatten sie mich noch nicht abgeholt. Das taten sie mit Absicht. Sie holten einen erst, nachdem sie einen zunächst hatten warten, schwitzen und kochen lassen, warten, schwitzen und kochen genau so lange, bis man die Verhaftung allmählich herbeisehnte und das Bekenntnis einem auf den Lippen brannte. Aber ich brauchte nicht weichgekocht zu werden, ich hatte schon dreizehn Jahre im Topf gelegen, ich kochte schon so lange, dass mir im Gegenzug allmählich kalt wurde.

Ada saß am Tisch, das Gesicht in den Händen, als hätte sie die ganze Nacht so dagesessen.

Dahinter stand meine kleine, groß gewordene Tochter.

Sie regte sich nicht. Sie stand bloß da und rührte sich nicht, als ob sie sich selbst zu glauben versuchte, darin jedoch nicht so gut war.

«Ich rufe sie an», sagte sie. «Ich rufe an und sage ab, Mama. Ich will das nicht. Das geht so nicht.» Sie sah mich an und rief: «Das geht so doch überhaupt nicht!»

Ich sah sie dastehen, hinter sich den nassen Schnee auf der Weide in den Fenstern des Wintergartens. Wenn sie dir die Knochen und das Herz brechen könnten, dachte ich, wäre der Vater frei.

35

HIER STAND DER MÄCHTIGE DEICH, BIS HIERHER HATTE MAN DAS MEER ZURÜCKGEDRÄNGT. Schafe liefen über das Gras, blaue Markierungen auf dem Rücken; der Himmel war voller Möwen.

Auch in der stillen Jahreszeit, wenn es weiter keine Besucher gab, ließen die Schlagbäume einen automatisch auf das Parkgelände.

Die Wärter stiegen aus, einer nach dem anderen, jeder hatte eine eigene Rolle, eine eigene Ecke, ein eigenes Schussfeld zum Abdecken. Als ob Fluchtgefahr bestünde oder ein Hinterhalt drohte, gingen wir in Formation – einer links außen, einer neben mir und einer rechts außen.

Hinter dem Parkplatz führte eine Treppe hinauf zum Deich, auf dem ein Hotel-Restaurant gebaut war, das rechtwinklig aus dem Deich ragte und auf Pfählen im Watt ruhte. Es herrschte Ebbe. Säbelschnäbler waren da und Austernfischer, nicht viele. In der Ferne, am anderen Ufer des Binnengewässers, spuckten die breiten Fabrikschlote graue Wolken aus.

Das Hotel-Restaurant hatte einen schmalen Zugang über Bretter, einen Landungssteg, so schien es, oder so sollte es scheinen – es war, als ob man ein Schiff betrat.

Der Steg wurde von einer Lichtkuppel überwölbt.

Vor meinen Füßen landete eine Zigarettenkippe.

«Jetzt hat er sich endlich entkleidet», sagte Friso.

Er sprang über den Zaun auf den Steg und ging vor mir hinein. Ja, ich glaubte, es war tatsächlich ein Landungssteg.

Wir ähnelten uns, wurde mir klar. Friso und ich hatten beide in unserer Kindheit einen Vater gehabt, der zu einem bestimmten Zeitpunkt seine Kräfte verloren hatte, auch wenn ich jünger gewesen war, als es passierte. Wir teilten einen Moment in der Zeit, an dem es auf uns ankam. Der gesamte Hof. Dass wir es tun mussten. Dass unsere Persönlichkeiten auf die Probe gestellt wurden, die Spreu vom Weizen getrennt, die Jungen von den Männern.

Ada schaute mich nicht an und sollte mich auch die gesamte nächste Stunde kein einziges Mal geradewegs anschauen, sie hielt den Blick immer seufzend auf ihre runzligen Hände gerichtet.

Zur Begrüßung hob sie lediglich ihren Hintern kurz vom Sitz, und danach setzte sie sich wieder, betäubt, abgemagert, sie hatte das Leid auf sich genommen.

Es geht, sagte sie, als ich danach fragte. Derksen beaufsichtigte alles und Friso half gut mit. Im Dorf war es still. Auf der Straße sah man fast keinen Menschen mehr. Im Auto sah man sie manchmal noch vorbeikommen, aber über ein Fahrrad schien niemand noch zu verfügen.

Suze stand hinter ihrer Mutter, eine Hand auf deren Schulter. Eine junge Frau, ein Mädchen noch. Die Handschellen blieben dran – ich tastete mit meinem Blick nach ihr.

Sie wirkte schon so erwachsen manchmal, aber im Inneren war sie noch ein Kind, das die Aufmerksamkeit ihres Vaters brauchte. Konzentrierte Aufmerksamkeit, nicht einfach irgendwas. Jeder wollte gesehen werden, das an sich war nichts Besonderes, aber nur der Blick eines Vaters konnte eine Tochter wirklich in ihrem Dasein erkennen.